KB158489

우리보고
나쁜 놈들이래!

우리보고
나쁜 놈들이래!

초판발행   2010년 4월 20일

발행인   안건모
책임편집   안명희
편집   최규화
디자인   이수정
독자사업   정인열, 윤지은
총무   정현민

펴낸곳   (주) 도서출판 작은책
등록   2005년 8월 29일(서울 라10296)
주소   서울 마포구 서교동 481-2 태복빌딩 5층
전화   02-323-5391
팩스   02-332-9464
홈페이지   http://www.sbook.co.kr
전자우편   sbook@sbook.co.kr

ISBN 978-89-88540-16-9 04810
     978-89-88540-15-2 04810 (세트)

우리보고
나쁜 놈들이래!

작은책 엮음

작은책

첫발을 들여놓던 그 첫 마음으로

'일하는 사람들이 보는 시사 월간지' 〈작은책〉을 맡은 지 벌써 5년이 지났다. 작은책 창간 10주년 때는 작은책을 보는 독자로 만났는데, 15주년에 작은책 발행인으로서 작은책 단행본을 출간하면서 이런 인사말을 하다니 감회가 새롭다.

월간 작은책은 '보리 출판사'를 만들었던 윤구병 선생이 처음 기획해서 창간한 책이다. 1995년에 작은책을 처음 만났을 때 그 놀라움은 지금도 잊지 못한다. 그 작은 책 속에 나와 똑같이 살아가는 사람들의 이야기가 가득 실려 있다는 게 신기했다. 잘난 체하는 지식인들이 '문학'이라는 이름으로 꾸며 쓴 이야기가 아니라, 실제로 일어난 이야기들이 어쩌면 그렇게 내가 살아온 삶과 비슷한지.

그 글들을 보면서 나도 이야기를 쓰고 싶었다. 그 인연으로 나는 살아온 이야기와 일터 이야기를 쓰게 되었고, 《거꾸로 가는 시내버스》와 다른 분들과 함께 《왜 80이 20에게 지배당하는가》라는 책도 내게 됐다.

어린 시절부터 노동을 하다 마지막 일터인 버스회사를 그만두고 2005년에 작은책으로 올 때, 내가 과연 글을 쓰고 편집하고 다듬는 출판사 일을 할 수 있을까 걱정을 했다. 하지만 노동을 해봤던 사람이 뭔들 못하랴. 글만 쓰던 사람은 노동을 못하겠지만 노동을 하던 사람은 글도 쓸 수 있다는 걸 증명해냈다.

작은책에 첫발을 들여놓던 그 첫 마음으로 단행본을 출간한다.

이 책은 단순한 문학 책이 아니다. 하나마나 들으나마나 한 소리를 끼적거린 수필이 아니다. 이 책은 우리 이웃들이 지나온 과거를 보여주는 역사책이자 일하는 사람들이 들려주는 지혜이자 앞으로 우리가 어떻게 살아가야 할지 길을 안내해주는 지침서이다.

이 책은 1995년 작은책 창간호부터 1999년까지 5년에 걸쳐 나온 글 가운데 좋은 글만 뽑은 것이다. 좋은 글이란 감동이 있고 웃음이 있고 재미가 있고 무엇보다 살아나가는 데 지혜를 얻을 수 있는 글이다. 10여 년 전에 쓴 글을 다시 읽으면서 눈물을 찔끔 흘리다가 가슴이 턱 막히다가 웃음이 빵 터지다가 한숨이 나오기도 했다. IMF 여파 때문에 서민들이 풍비박산이 나버린 시절. 끈질기게 목숨을 이어가야 했던 시절. 역사는 되풀이 된다고 했나. 이명박 시대를 보내는 요즘 서민들의 삶과 어쩌면 그렇게 똑같을 수가 있을까.

이 책을 보면, 일하지 않고도 돈을 벌어 우리를 지배하는 자들이 하는 이야기도 다시 되새겨보게 된다. '고통분담', '선 성장 후 분배'. 그 앵무새 같이 지껄이는 말들이 예나 지금이나 똑같다는 걸 알 수 있다. 그런데 '회사를 내 집처럼 근로자를 가족처럼'이라고 애사심을 부추기던 회사가 노동자를 단칼에 잘라버리는 구조조정을 하고, 그 노동자를 다시 임시직으로 부려먹는 행태를 기억해야 한다. IMF 이후 노동자의 '고통전담'으로 더욱더 돈을 벌어 떵떵거리고 사는 자본가들의 속임수를 깨달아야 한다.

'지금 알고 있는 것을 그때도 알았더라면' 하고 뉘우치는 것은 이제 그만! 그 시절에 우리들이 살았던 발자취를 보면서 앞으로 어떻게 살아가야 할지 길을 찾자. 그 길은 나뿐만이 아니라 우리 이웃들, 후배들, 그리고 우리 자식들이 행복하게 사는 길이 될 것이다.

2010년 4월
안건모

글모음 둘 **우리 엄마가 파업을 하는 이유**

내 영원한 맞수가 늙어간다

노동자의
아내로…

얼마 전 일이다. 할머님 제사로 시댁에 갈 일이 있어 나설 차비를 하다 나는 마지막 뒷정리를 하고, 그는 현관에 걸터 앉아 구두 손질을 하고 있었다. 닦는 김에 내 구두도 손질해 달라고 부탁하고 보니 많이 걷는 직업 탓인지 하얀색 구두가 군데군데 벗겨져 시커먼 속이 나와 보기 흉해져 있었다. 그 구두는 1년 전 결혼할 때 샀던 것으로 내게 있어선 그래도 거 금을 들여 장만한 것이다.

나는 이전에 하던 방식으로 그에게 화이트로 색칠해달라며 화이트를 가져다주었다. 그는 일단 열심히 구두를 닦은 후 정성스레 벗겨진 부위를 화이트로 칠하는 것이었다.

한 번 칠하고 또 칠하고……. 곳곳을 그렇게 칠하고 나니 제법 새 신처럼 되었다. 이왕 내친 김에 까져서 허옇게 된 구두 굽은 까만 사인펜으로 칠하였다. 멀리서 보면 감쪽같을 것이다. 우리들은 그렇게 해서 깔끔해진 구두를 놓고 한참을 낄낄대며 웃었다.

그러다 갑자기 그이가 도종환 시인의 〈접시꽃 당신〉이라는 시를 떠올리며 이야기했다. 전교조 해직교사였던 도종환 시인은 암에 걸린 아내의 죽음을 앞두고 "살아생전 좋은 옷 한 벌 못 해주었는데……"라는 시구를 썼다며 자기는 이다음에 "아내 살아생전 구두 장만 하나 못 해주고……. 화이트로 해진 구두 손질해주었네……"라는 시구를 써야겠다고 씁쓸한 농담을 던졌다. 그러면서 다시 한 번 하얀 구두를 쓱쓱 닦으며 신으라고 내놓았다.

순간 나는 "뭐 나보구 죽으란 말야." "그래도 이거 얼마나 비싼 건데……." "이상하게 껍질이 잘 일어나네." 하며 애꿎은 구두 탓으로 그의 씁쓸해진 감정을 돌이켜보려 했다.

이내 우리는 집을 나섰고, 나는 그이가 정성스레 칠해준 새 구두 아닌 새 구두를 신고 시댁으로 향했다.

결혼한 지 1년 정도 된 햇병아리 주부가 생활고를 느끼면 얼마나 느낄까만 구두에 얽힌 우리의 웃지 못할 사연은 노동자 살림의 한 단면이 아닌가 싶다.

날로 물가는 턱없이 올라가고 생활은 쪼여드는 것 같다. 그래도 이 사회의 한쪽 구석에선 어제나 오늘이나 몇만 원짜리 우동과 몇천만 원짜리 골프회원권, 몇백만 원짜리 옷에 휩싸여 사는 사람들도 있다지 않는가. 우리는 그런 것은 아예 꿈도 꾸지 않는다. 단지 이 심한 부의 격차는 어디에서부터 비롯되었을까를 생각하며 쓸쓸하고 서글픈 심정이 가슴을 억누를 뿐이다.

오늘도 나는 그이가 화이트로 칠해준 구두를 신고 일터로 향한다. 이 땅의 모든 노동자와 그 아내들의 평범한 소망을 생각하며……

| **장영란** 대우조선노동조합 이동섭 대의원 아내, 1995년 3월 |

기름
냄새

"아빠! 다녀왔습니까?"

퇴근하는 길목을 주시하고 있던 다섯 살배기 큰아들 녀석의 낭랑한 목소리가 어둠이 내려앉은 공간을 뚫고 내 귓전에 들려온다. 고개 들어 올려다보면 까맣게 높이 쌓아 올려진 아파트 베란다에서 팔만 쏙 내민 채 흔들고 있는 작은 손을 발견할 수 있다. 그럴 때면 덩달아 나도 손을 흔들어주곤 한다. 이어 아파트 문을 열고 들어서는 순간에도 기다렸다는 듯이 "다녀왔습니까? 아빠." 하고 넙죽 인사를 하는 그 모습이란 무어라 형언할 수 없으리만큼 기특하고 사랑스럽다. 그럴 때면 언제나처럼 높이 치켜들어 빙 한 바퀴 돌려주곤 한다. 그러면 그렇게 좋아하던 동심이란.

그러던 어느 날, "아빠, 아빠한테 이상한 냄새가 난다"라는 게 아닌가. "무슨 냄새?" 하고 물으면 "몰라요. 아이, 냄새." 그래서 이 냄새는 기름 냄새라고 말한 적이 있는데 요즘은 안길 때마다 "아, 기름 냄새야." 하면서 코를 비비는 시늉까지 한다.

특히 더운 여름날 온종일 선풍기를 쐬다 보면 온몸에 먼지와 기름 냄새, 그리고 땀내가 뒤범벅이 되어 발산되는 냄새란 후각이 예민한 애들한테는 더욱 그런가 보다.

이러한 야릇한 냄새를, 기름쟁이인 나를 부정할 수 없었기에 "니 겜보이 사고 유아원 보낼라꼬 회사서 일하다가 그런 거 아이가"라며 변명 아닌 변명을 둘러댄다. 내가 걸어왔던 전철을 너로 하여금 다시 걷게 할 수야 없지만 만약 걷게 된다면 그때 가서 진정한 의미를 실감케 되겠지. 그렇다고 결코 이 냄새로 인한 나쁜 반응을 나타내지 않고 오히려 기름 냄새가 난다면서도 빈약하고 메마른 가슴팍에 파고드는 응석에 일그러진 내 모습의 피로는 반감되고, 또 갓 돌이 지나자기 몸도 채 가누지 못해 뒤뚱대는 둘째의 재롱에 웃음과 작은 행복을 건진다. 때로는 삶의 분주한 굴레에서 내 자신의 존재조차 망각하고 지내다가 다시금 내 위치를 확인해볼 수 있는 계기도 된다.

우리 가정은 씨알이 빽빽이 찬 강원도 찰옥수수 같지는 않

고, 군데군데 알이 빈 재래종 옥수수 같아서 그 속에서 행복
과 사랑의 씨앗은 날로 충실히 여물어만 간다.

생각은 늘 높고 젊게, 그리고 생활은 낮고 검소하게 살고
싶어하는 소박한 삶의 바람이 있기에 오늘도 신발장에 가지
런히 놓인 신발 켤레 수를 헤어보며 온몸에 기름 향내 흡수
하러 출근길 재촉한다. 아마 오늘 저녁 퇴근시간에도 땀내
나는 이 아빠를 기다리겠지…….

| **이성오** 동명중공업노동조합 대의원, 1995년 5월 |

배신

리더 언니가 막 야단을 친다.

자꾸 슬퍼지고 눈물이 나온다.

문득 삽자루를 쥔 아버지의 얼굴이 떠올라 슬픔을 참았다.

주임 아저씨가 막 야단을 친다.

자꾸 슬퍼지고 눈물이 나온다.

문득 보따리를 머리에 인 엄마의 얼굴이 떠올라 슬픔을 참았다.

사장님 사모님 아저씨가 막 야단을 친다.

자꾸 슬퍼지고 눈물이 나온다.

문득 주인집 아이들이 먹고 있는 과자를 쳐다보는 동생들의 얼굴이 떠올라 슬픔을 참았다.

내일이면 잘산다. 우리 식구 모두 노력하면

내일이면 잘산다. 우리 식구 모두 열심히 일하면

그런데 우리 식구 모두 노력하고 열심히 일했건만 아버지는 이제 늙으셔서 힘든 일 못하시고 엄마는 이제 온몸이 아

프시다며 누워계시고 동생들은 이제 주인집 아이들의 노리
개가 되었다.

주인집 아줌마는 방세를 올려달라고 한다.

우린 할 수 없이 월세 방을 찾아 이사했다.

열심히 살았건만 열심히 일했건만

아버지와 엄마는 몸이 병들었고

동생들은 먹을 것만 준다면

무엇이든지 다 해낼 수 있는 아이들이 되었다.

열심히 일하면 잘산다는 말을 믿고 또 믿었는데

이제 믿을 수 없다.

이 세상을 우리 식구 모두가 배신당했다.

이 사회 속에서 난 이제 눈물도 말라버린 인간이 되었다.

열심히 일했건만

열심히 살았건만….

| AMK 노보, 1995년 5월 |

일하는 사람이
글을 써야 한다

노동자들도 글을 써야 한다고 말하면 세상의 글쟁이들은 거의 모두 비웃을 것 같다.

"뭐, 노동자가 글을 써? 모든 게 전문으로 돼가는 세상에 일꾼들은 일만 할 것이지, 임금 올려라, 일하는 시간 줄여라 하여 농성하고 데모하고 하더니 이제는 글까지 쓰겠다고? 참 별꼴 다 보겠네."

그러니 이런 따위 말에 일일이 대답할 것도 없겠다.

노동자가 써야 할 글을 생각하니 여러 가지 문제가 떠오르는데, 그 중 중요한 것 세 가지만 들어보자.

첫째, 왜 써야 하나?

둘째, 어떤 글을 쓰나?

셋째, 써서는 어떻게 하는가?

첫째, 왜 쓰나? 사실 이런 물음은 필요없다. 쓰지 않을 수 없어서, 어쩔 수 없이 쓰는 글이어야 하겠는데, 왜 써야 하나 하고 그 까닭을 알아서 쓴다면 좋은 글이 나올 수 없기 때문이다. 그러나 쓰지 않을 수 없어 쓰는 까닭을 스스로 물어 확인할 필요는 있다. 왜 쓰는가? 한마디로 진실을 말하기 위해서다. 노동자들이 겪고 있는 그 소중한 삶의 세계, 마음의 세계를 보여주기 위해서다. 그래서 그 삶을 지키고, '말'을 지키고, 겨레의 생명을 지키기 위해서다.

일하지 않는 사람은 밥을 먹지 말라는 말이 있다. 나는 일하지 않는 사람은 글도 쓰지 말라고 말하고 싶다. 방안에 앉아 밤낮 글만 쓰고 있는 사람이 쓴 글이 무엇을 얘기하고 무엇을 보여주겠는가? 지금 우리 사회는 온갖 글이 온갖 인쇄물에 실려나와 엄청난 글 공해를 일으키고 있다. 정작 말을 하고 글을 써야 할 사람들은 일만 하다 보니 쓸 틈도 없고, 또 스스로 무식하다는 열등감에 빠져 글을 못 쓴다. 이래서 사회가 죽어가고 있는 것이다.

둘째, 어떤 글을 쓰나? 노동자들이 쓰는 글은 긴 소설 같은 글이 아니고 짧은 이야기 글이 적당하다. 이 이야기는 어떤 사건일 수도 있고, 모두 다 잘 알고 있는 어떤 일에 대한 생각이나 주장을 쓴 것일 수도 있다. 어쨌든 노동자들은 이른바

문인들이 쓰고 있는 소설이나 수필이나 시를 흉내 내려고 하지 말아야 한다. 노동자들이 쓰는 글은 소설이니 동화니 수필이니 하는 따위 이름을 붙일 필요가 없다. 그냥 이야기다. 굳이 글의 갈래를 자세하게 밝힌다면 생활 이야기, 겪은 이야기, 들은 이야기, 일기, 편지……. 이렇게 되겠다.

나는 일하는 사람들이 쓴 이런 이야기 글이 문학이라고 쓴 작품보다 더 가치가 있다고 생각한다. 그 까닭은 신춘문예보다 노동자나 일하는 어머니들이 쓴 살아온 이야기가 훨씬 더 감동을 주고 재미있게 읽히기 때문이다.

셋째, 쓴 것을 잘 보관해두면 뒷날 한 역사로 남을 것이다. 옛날에는 임금들이 역사를 기록하도록 했지만 이제는 노동자가 역사를 기록해야 한다.

끝으로 노동자들에게 나는 다음 세 가지를 묻고 싶다.

첫째, 노동에 대한 믿음을 가지고 있는가?

둘째, 무식한 사람들이 하는 말, 그 말이 진짜 우리말이다. 우리말에 대한 믿음이 있는가?

셋째, 세상을 바르게 살아가려는 결심이 서 있는가?

그렇다면 글을 쓸 것이다. 글이 역사를 만들어가는 세상이니까.

| **이오덕** 아동문학가, 1995년 5월 |

그리움을
전하며

11월의 마지막 밤을 보내고 있습니다. 어떻게 하루가 지나 갔는지 모르겠습니다. 초근이 업고 토련이 걸리고 왔다갔다 하다 보니 해가 기울고 밤이 찾아왔습니다. 울산에서 마지막 공판이 있기 며칠 전 구속자 가족은 3일 동안 정문, 후문, 단조정문에 서서 피켓을 들고 있었습니다. 토련이는 추워서 집에 빨리 가자고 보채죠, 첫날은 정말 추웠답니다. 귀와 손발이 시려 미칠 지경이었소. 공판이 잘 풀리기를 기대하면서 며칠 동안 실오라기라도 잡아보려고 노력했습니다. 조금은 기대했었는데, 혹시 했다가 역시 되었군요. 판사가 처음에는 잘 풀릴 듯이 나가더니 끝에 가서는 1년 6월 실형을 선고했 었소. 세상이 무너지는 것 같았소. 당신의 얼굴은 웃고 있었지만 마음은 온통 울분으로 가득 차 있다는 걸 잘 알고 있소. 당신을 차가운 감방으로 보내고 얼마나 울었는지 모르오.

집에 들어서는 순간 눈물이 막 쏟아지는 거 있죠. 장롱문을 열어놓고 이불에 기대어 얼마나 울었는지 모른다오. 다음날 전화로 위로하는 회사 사람들이 많이 울었냐구 물었소. 내 마음이 이런데 당사자인 당신은 오죽하겠습니까? 밖에서 잘 해서 당신을 나오게 했어야 하는 건데 이 내 몸이 못나서 그런 것 같습니다.

부산은 왠지 마음에 들지 않아요. 바람만 을씨년스럽게 내 온몸을 강타하고 바닷바람이 세더군요. 동부터미널에 내려서 간단하게 식사하고 성경이 엄마와 둘이서 차멀미를 해서 녹초가 되었답니다. 주례교도소는 왜 그리 먼지……. 교도소가 크다는 생각을 했소. 교도소 앞에는 헌병 네 사람이 서 있구요. 겨울이라 그런지 삭막하더군요. 빨리 떠나고 싶었소. 줄을 서서 접수하고 0조 36호 6097 정갑득 번호가 적힌 쪽지를 받고 난 한동안 생각에 잠기었소. 울산에서 부산으로 이감될 때까지 당신은 얼굴에 웃음을 잃지 않았소. 당신은 용감한 사람이라 생각했소. 그 마음은 울고 있으리라.

6097 '정갑득' 당신을 부르더군요. 푸른색은 저승 갈 때나 입는 건데 그게 죄수복인가요. 더 많이 생긴 흰머리가 내 가슴을 아프게 하오. 수척한 당신의 얼굴을 보면서 이 말 저 말

건네면서 마음이 어떤지 살펴보았소. 쇠창살, 푸른 죄수복, 햇빛이라곤 구경도 못하는 콘크리트벽, 정말 끔찍합니다.

요 몇 달 동안 난 한평생을 다 살아온 기분입니다. 신문팔이 초롱한 눈망울의 청초한 아이들의 모습을 볼 수도 없고 만져볼 수도 없으니 불행한 일이오. 토련이는 책 사러 시내 가는 차 안에서 혼자 앉아서 훌쩍훌쩍거리길래 "토련아, 왜 그러는데?" 하고 물었더니 경찰아저씨가 밉답니다. 착한 사람만 데리고 가고 못된 사람은 안 데리고 간답니다. "아빠 생각나나? 아빠 보고 싶제." 그리고는 꼭 안아주었소. 아마 밖에 교통정리 하는 순경아저씨를 보고 아빠 생각이 났나 보오. 너무나 애처롭지 않소. 화요일 아빠 보러 가자고 했지만 근본적인 문제가 해결되지 않는데 어쩌면 좋을까요.

아직 겨울은 멀기만 한데 이 어린 가슴은 외로움에 떨고 있구려. 아빠와 뜨거운 가슴을 조금이나마 느끼게 해주었으면……. 따뜻함이 그리워지는 계절인데 필요한 것 있으면 얘기해주세요. 혹시 덜덜 떨고 계시는 것은 아닌지 모르겠습니다. 조금만 참아주세요. 화요일 면회 갈 테니까요. 안녕.

1990년 11월 30일 사랑스런 아내가.

| 현대자동차 정갑득 동지 아내, 1995년 7월 |

몰래 훔쳐본
아내의 일기장

그이가 야근하는 날 아침은 유난히도 썰렁하다

주간일 때는 아침마다 허둥대기는 해도 하루를 함께 시작하기에

그래도 기분 좋게 하루를 시작했는데…

혼자 일어나 아침밥을 먹으려니 밥맛이 없다

아침부터 안개 낀 것 같은 이 기분 정말 너무 싫다

회사를 그만두어버릴까!

그이가 야근할 때마다 몇 번이고 생각하는 맞벌이 문제

회사를 그만두자니 경제적으로 여유가 없을 것 같고

그래도 같이 고생하는 게 낫지

아침부터 가라앉는 기분을 애써 접으며

출근 준비를 서두른다

내가 출근하고 난 다음에 그이는 퇴근을 하겠지

나는 회사에서 일하고 그이는 집에서 잠자고

우리들의 일주일은 숨바꼭질이다

회사에서 12시에 집으로 전화

아직도 안 들어왔는지 전화를 받질 않는다

오늘은 몇 시에나 들어오려는지!

바쁜 건 알지만 그래도 그이의 건강이 걱정된다

오후 6시 퇴근

부랴부랴 퇴근 준비하고 겨우 전철에 올랐다

오늘은 성공

잠깐 10분 정도 그이의 얼굴을 보려고 눈썹이 휘날리도록

전철역을 향해 마구 뛰었다

집에 도착하니 그이는 출근하려고

막 현관을 나서는 중

문단속하고 서로 팔짱끼고

그이의 통근버스 타는 곳을 향한다

하루 일과를 얘기하며…

뭐가 그리 할 얘기가 많은지 혼자 종알종알이다

열심히 종알대다 보니

벌써 버스 타는 곳에 다 와버렸네

아직도 할 얘기가 많은데

아쉽다 오늘 못다 한 얘기 내일 마저 다 해야지

내일은 못 만날지도 모르지만

아무튼 어쩌랴 그이는 출근을 해야 하는데

자기야 안녕!

내일 일찍 들어오구 술 많이 먹지 말구 알았지!

나 갈께 오늘 하루 고생해

홀로 집으로 돌아오는 내 발걸음이 가볍다

그래도 오늘은 그이 얼굴을 잠깐이라도 보았기에…

| 기아산업 차체공장 노동자의 아내, 1995년 10월 |

고향에서
온 편지

순이야. 객지 생활에 얼매나 고생이 심허냐. 여기 두 늘그 니도 니 염녀 덕분에 별고 업다. 양력설에는 니가 올끼라고 니 에미가 뻐쓰 정거장에서 밤이 이슥토록 널 기다렸다. 공 장일이 바뻐껐지. 늘그니들만 남어잇는 동네엔 명절이면 객 지 나간 자식들 기다리는 낙으로 사는고나.

우리집허고 각별허게 지내던 병득이 아재가 아래께 대처로 나가는 바람에 빈 집이 또 늘어낫다. 나라에서 소괴기랑 양 담배를 디려온다는 바람에 또 얼매나 빈 집이 늘어날지 알 수가 업다. 너도 알 것이다. 재작년에 꼬박꼬박 부쳐주는 니 피땀 무든 돈으로 니 시집 밑천 장만해서 조은 사위 볼끼라 고 소를 삿다가 소 갑시 행편업시 주저안자 개갑 받고 팔아서 얼매나 가슴이 상햇더랫냐? 그때 고향 등진 사람이 십리 안에 서른 집도 넘을 것시다.

오죽헷스면 농약 마시고 생목심 끈은 사람이 다 잇것냐. 니 에미도 그때 얻은 울하쯩으로 지금도 자다가 깜짝깜짝 놀래킨다. 새벽에 나가 소여물을 쑤다가도 부뚜막에 주저안자 자꾸만 우는고나. 이노무 나라가 양놈에 나라인지 우리네 나라인지 통 알 수가 업다.

1번 찍어주면 촌에 먼저 잘살게 해준다고 이장이 침이 마르도록 떠들고 댕기길래 살림도 해본 놈이 나을 것시라고 철썩갓치 믿엇더니 선거 끝나기가 무섭게 시름만 싸여가는고나. 애초에 믿은 거이 잘못이라면 할 말은 업다만서도 그래도 노픈 핵교 나와 정치한다는 사람들이 그 모양이라면 우리거튼 백성덜은 누굴 믿꼬 살어야 허는 건지 애꾸즌 술만 찾게 된다. 일제 때 왜놈한테 상세징용까시 끌려가 모진 고생 다 허고도 살아 온 애비지만서도 예나 지금이나 식민지가 따로 업고나. 일제 때 공출이다 뭐다 해서 집안에 숫가락 한 개도 안 두고 몽땅 쓸어간 왜놈이나 병든 소에 댐배까지 디려와서 농민 골병디리는 양놈이나 뭐가 다르단 말이냐?

우리 늘그니덜이야 살어야 얼매를 더 살어서 조은 시상 보것냐만서도 등골 빠개지게 공장일 허는 니나 니 동생은 불쌍혀서 어쩌냐? 다 쓸데업는 소리다만서도 돈 벌어 볼끼라고

니 오래비가 이역만리 더운 나라 가서 그러케 개죽음만 안 혀서도 니 공부는 안 시켰것냐. 어려서버텀 똑똑단 소리 들어가며 읍내 상업학교에 니 혼자 합격했지만서도 돈이 뭔지 핵교 대신 공장으로 내쫏드시 보낸 애비는 두고두고 가슴에 한이 맺쳐 죽어도 눈을 감을 수가 업을 것시다.

촌에서는 색시감이 업서 대처 나가 공장 댕기면서 혼사 치러 고향 와서 맘잡고 살어보자든 니 사촌 오래비도 올캐가 촌살림이 실어서 도망치는 바람에 그냥저냥 호래비로 사는 기 딱해 못 보것다. 쓰자니 장탄식뿐이고나.

니 에미가 옆에서 쌀허고 김장김치 가질러 오니라고 쓰라고 성화다. 차비가 무서워서 못 오는지도 모르지만도 돈 애끼면 골병 든다. 방이나 뜨시게 해서 자거라. 시상이 아무리 고달프고 각박혀도 사람이 근본을 잊으면 안 되니라. 근본을 모르는 인간덜이 세도부리는 숭악한 시상이다만서도 느그는 항시 더 어려운 사람 보살펴주고 올은 일에는 발벗고 나서는 씀새를 가져야 하느니라.

음력설에는 휴가 바더서 내리오니라. 에미 애비는 그날만 손꼬바 기다린다. 연탄까스 조심허고.

고향에서 애비가.

| 부산노동자신문, 1995년 12월 |

우리
엄마

우리 엄마는 개성 여자다. 보통 개성 출신 하면 음식 솜씨 좋고 부지런하고 억척스럽고 지독한 구두쇠로 알부자라고 알려졌다. 엄마는 다른 건 몰라도 지독한 구두쇠임엔 틀림없다. 엄마가 뭐 따로 돈벌이를 한 건 아니지만 평생을 술로 탕진한 아버지가 명세표도 없이 가져다주는 쥐꼬리만 한 봉급을 아등바등 움켜쥐고 돈놀이를 하며 조금씩 돈을 늘려갔고 이젠 진짜 알부자가 되었다.

내가 어릴 때부터 엄마가 구두쇠 노릇 한 기억은 수도 없이 많다. 가장 한이 맺혔던 게 6학년 때까지 등허리에 오도록 기른 머리를 중학교에 입학하면서 '중단발'로 자르는데 귀 밑 2cm가 아닌 귀 위 2cm가 되도록 엄마가 잘라놓은 것이다.

조금이라도 긴 머리라야 머리카락 장사한테 돈을 더 받는다고 가뜩이나 못생긴 얼굴에 머리가 깡총하여 된 박 얼굴을 하고 입학식 날 진눈깨비를 맞고 운동장에 서 있는데 죽고만 싶었다. 그 뒤 중고등학교 6년 내내 엄마의 가위질이 아닌 미장원에서 미용사에게 머리 자르는 게 소원이었다.

또 하나 기억은 옷 보따리장사가 동네에 와서 누구네 툇마루에 풀어놓고 구경을 하는데 옆집 정숙이네 엄마는 우리 엄마한테 돈을 꾸어 그 집 딸내미들 옷을 하나씩 골라 사주는 거다. 나도 예쁜 옷을 보고 군침을 삼키고 있는데 엄마는 남의 딸 옷 사라고 돈을 꾸어주면서도 제 딸은 옷 사줄 생각도 안 한다. 그날 나는 엄마에게 온갖 패악을 다 부렸다. 거지처럼 이모네 언니들 입던 옷만 얻어다 입히면서 돈이 있어도 남 꿔줄 줄만 알았지 하면서. 몇 달 뒤 엄마가 3만 원짜리 수표를 잃어버렸다 한다. 결국 못 찾고 나는 또 엄마한테 그것 보라며 패악을 부려 엄마를 울려놨다.

늘 술에 젖어 겨우겨우 직장에 다니는 아버지를 가장으로 우리 4남매가 그래도 대학까지 다닌 걸 보면 그런 엄마이기에 가능했고 밥술이라도 안 굶고 살아남았지 싶다.

그런데 결혼하고 이제까지 15년 동안 겨우 방학이나 해야 친정에 가는데 갈 때마다 여전히 엄마의 그 구두쇠 궁상을 보고 있다. 이제 충분히 먹고살 만하고 알부자가 됐건만. 그

궁상을 늘어놓으면 책 한 권은 될 것이다.

지하수를 모터로 끌어올려 쓰는데 지독한 센물이다. 상수도를 들여놨는데도 수도세 나간다고 빗물을 항아리, 양동이, 함지마다 받아놓고 그 물로 머리감고 빨래한다. 한번은 대야에 시커먼 물이 있길래 "뭐야, 이그" 하면서 쏟아버리니 호통을 치면서 요즘 비도 안 오는데 아까운 빗물 쏟아버렸다고 안타까워한다. 빗물에 가루비누를 풀어서 벌써 빨래한 구정물인데 아직 더 쓸 수 있다고 아껴둔 것이다.

늘 재봉틀을 열어놓고 30년 전 입었던 옷까지 오리고 자르고 하며 고쟁이라도 만들어 입는다. 싸구려 나일론 천 조각 하나 맘 놓고 버리지 못하고 산다. 과자 포장지가 버리기 아까워 상자와 그 속에 든 플라스틱 조각까지 쌓아놓고 쓸 데를 기다리고 있다. 생전 쓸 데도 없을 텐데. 부엌에 먹을거리가 썩어도 차마 버리지 못하고 썩은 것도 악착같이 먹는 거다. 그러다 보니 집이 정갈하지 못하고 내 눈에는 이 구석 저 구석 쓰레기투성이다. 방학 때마다 가면 두 팔 걷어붙이고 구석구석 끌어내 갖다버린다. "엄마는 환경부 장관한테 표창 받아야겠다." 하고 빈정거리며. 그러면 엄마는 "쟤가 미쳤어! 그걸 왜 버리니, 멀쩡한데." 하며 쫓아와 뺏기도 하며 실랑이가 벌어진다.

어쩔 땐 내다버린 쓰레기 더미를 뒤져 다시 주워다 놓기도 한다. 그 중에는 내가 10년 전에 사다준 아모레 삼미화장품 병도 있다. 화장품도 아끼며 몇 년을 쓰고 병이 예쁘다며 버리지 못하고 있는 것을 내가 쓸어다 버리니 다시 주워다 놔서 내가 얼굴을 붉히며 포기를 하고 말았다. 그런데 작년 여름방학 때 가보니 그 화장품 병으로 솜에 불을 붙여 부항을 뜨고 있었다. 봄에 좌골신경통이 와서 꼼짝도 못하고 있다가 부항 붙여서 거의 다 나았단다.

언젠가 내가 철없이 "난 엄마처럼 살진 않을 거야. 엄마 인생에 남은 게 뭐가 있어?" 했더니 엄마는 얼굴이 빨개져서 울먹이며 "먹여 살리고 공부시켜 놨더니 한다는 소리 좀 봐, 자식 키워놔야 소용도 없어." 한다.

엄마는 몇 년 전부터 하루도 빠짐없이 캄캄한 새벽에 산꼭대기로 약수를 뜨러 다닌단다. 그 말에 나는 얼마나 기뻤던지. 엄마한테도 그런 여유와 멋이 있구나 하고. 새벽바람을 맞으며 운동화 신고 배낭 메고 산에 오르는 엄마의 모습은 늘 안달하는 엄마와는 영 딴판이라 생각만 해도 흐뭇하다.

그런데 지난 여름방학에 가서 보니 약수터에서 돌아온 엄마 얼굴이 말끔하게 세수한 얼굴이다. 흘러버리는 약수가 아까워 아무도 없을 때 세수도 하고 다리도 씻고 했다나.

| **김경희** 속초 설악여중 교사, 1996년 5월 |

노동자 아버지를
부끄러워했던 딸

"대구 37.3°

아스팔트가 녹아서 도로가……

공사장 인부 작업 중 어지럽다고 떨어져……."

뭐? 공사장 인부?

순간 나는 긴장하며 텔레비전 화면을 쳐다봤다. 공사 현장의 높은 곳에서 일하고 있는 사람들 모습이 나오고 있었다. 평소에 아버지가 자주 어지럽다고 하시며 쓰러지셨던 일이 생각나 걱정이 되었다. 그러면서도 어머니가 약숫물을 뜨러 나가셔서 뉴스를 못 보신 것이 퍽 다행이라는 생각도 들었다. 그 얘기를 들으셨다면 집에서 잘 먹고 편하게 자는 게 죄스러워 밤새 뒤척이실 것이 뻔하기 때문이다.

우리 아버지는 목수다. 내가 어렸을 때 아버지는 작은 건설 회사를 차렸는데 어떤 이유였는지 사업은 망했고, 아버지는 1년 정도를 집에만 계셨다. 당연히 집안 살림은 어려워졌고 사춘기였던 내게 비춰진 아버지 모습은 남들에게 부끄러운 아버지일 뿐이었다.

어느 날인가는 집안의 모든 가구에 경매딱지가 붙더니 얼마 후 새벽부터 쫓겨나 이웃집 단칸방 신세를 져야 했고, 내가 어떤 글짓기 대회에서 상금으로 20만 원을 타왔을 때 어머니가 그 돈으로 쌀을 사고 좋아하셨던 일도 기억난다. 나는 학교에서 선생님들이 던지는 "한턱내라"는 농담이 부담스러워 선생님들을 슬슬 피해다녔지만.

차비가 없어서 학교 갈 일이 막막했던 아침들. 점심 도시락은 어떻게 마련하셨는지 점심시간이면 운동장에서 도시락을 들고 서 계시던 어머니 모습. 집에만 계시는 무능력한 아버지. 참 많이 미워하고 싫어했다. 아버지가 편지 한 장과 돈 10만 원을 두고 집을 나가셨을 때도 무책임하게 가족들을 버리고 나가셨다는 생각, 그리고 어떻게 사나 하는 걱정으로 울었던 것 같다.

한 달 후에 아버지는 목수가 되어 돌아오셨다. 내가 사춘기를 겪었던 열여섯 그때부터 스물두 살이 된 지금까지 아버지는 전국을 돌아다니시며 목수일을 하신다. 지금은 진주에 계신다는 것, 그리고 장마가 지면 집에 오실 거라는 것, 합숙소 같은 곳에 잠자리를 정하고 계신다는 것 정도가 내가 알고 있는 전부다.

작년에 교통사고를 크게 당하고서도 일을 놓을 수 없었던 아버지. 남들은 흔하게 받는 학비 보조도 살기가 빡빡한 우리 집은 해당사항이 없어서 6개월마다 돌아오는 두 딸 등록금이 부담스러우셨을 것이다.

두 딸이 특별하지 못해서 장학금으로 짐을 덜어드리지 못하고 그저 용돈이나 겨우 벌어쓰는 정도라 죄송스러울 뿐이다. 문득 당신 생각 하루에 세 번만 해달라고 하셨던 부탁조차도 잊고 지냈던 게 생각나 더 죄스럽기만 하다. 기껏 공사장을 지나칠 때 잠깐 가슴이 저릿했던 기억뿐이지 않은가?

고등학교 때는 아버지의 직업을 '건설업'이라 적어냈고, 대학에 와서는 후배들에게 사람은 노동을 통해 비로소 사람다워진다고 얘기해주면서도 한 번도 우리 아버지가 목수라고 떳떳이 말해본 적이 없다. 친구들이 우스갯소리로 붕어빵 장수 아들이 아버지 직업란에 '수산업'이라 적어냈다는 얘기를 해줄 때도, 노래시켰을 때 꽁무니 빼는 친구에게 "○○네 아버지는 똥퍼요"라는 노래를 장난스럽게 부를 때도 단순히 웃어넘길 일이 아니라고 생각하면서 정작 나서서 뭐라 한마디

해주지 못하고 넘기곤 했었다.

아직도 자랑스럽게 우리 아버지는 목수라고 말할 수 있는 용기는 없지만 내가 교단에 섰을 때 내 아이들은 노동자 아버지를 부끄러워하지 않는, 노동의 참 가치를 아는 아이들로 키우겠다는 의지를 갖고 있다.

노동의 참 가치는 노동자인 아버지를 존경하는 데서 배울 수 있고, 그것을 가르쳐주는 것이 참교육이라는 믿음과 함께 말이다. 나도 건강한 노동자가 되어 건강한 이 땅의 노동자를 키워내리라.

| 신승희 1996년 9월 |

배움의
길

　　　　글을　모르는것이　죄는　아닌것을
나는　오늘　공부하러　갔다가　집으로　들어오고
말았다.
사무실에　들어서는　순간　나는　깜짝　놀라서
계단을　뛰어　내려오고　말았다...
사무실　의자에는　남편의　친구분께서
앉아　계시는　것이었다.
나도　모르게　계단을　뛰어　내려오고　보니

내자신이　너무나　서글펐다.
배운다는　것이　부끄러운　것은　아닌데
왜　아는　사람만　보면　죄를　지은　사람처럼

숨어야　하는지 ....
나는　항상　계단을　올라가면서도

가슴이　두근두근　거린다.

| 윤경현 주부, 1997년 8월 |

월급날

오늘도 하루를 시작한다.
윙 귀가 따갑도록 기계 소리는 진동을 한다.
한 달을 뼈 빠지게 일한 날의 대가 월급날
왠지 기계 소리가 음악처럼 들려온다.

오늘도 하루는 끝났다.
듣기 싫은 기계 소리를 껐다.
숨죽이며 기다려지는 월급봉투
손가락에 침을 바르며 돈을 세어본다.

이내 공장 천정을 바라다보는 저 아줌마
걱정이 이만저만 되는 게 아닌가 보다.
방세, 애들 육성회비, 식비…

한 달 한 달 지내기에는 너무너무 어려운 것 같다.

하지만 이내 입가에 미소를 짓고선

찰칵 퇴근카드를 찍으며 중얼대는 소리

"오늘은 애들과 돼지고기라도 좀 먹어야지!"

| 인산기업노동조합 조합원, 1996년 10월 |

유진이
아빠에게

당신이 야간근무에서 돌아와 한 주일의 땀이 밴 때 묻은 작업복 가방을 제게 안겨주고 일요일 낮을 곤히 잠자는 틈에 이 글을 씁니다. 풍족하진 않았지만 고생이 어떤 것인지도 잘 모르고 자라 당신과 결혼한 지 아직 3년이 채 되지 않았습니다. 처음 선을 봤을 때 너무 착하게만 뵈던 당신의 첫인상이 마음에 들어 당신이 하는 일이 어떤 것인지도 잘 모르고 시작했던 우리의 결혼 생활.

첫 월급봉투를 받아들고 실망하고, 결혼 후 한 달이 훨씬 지나서부터 매주 한 번씩 가지고 오던 작업복 빨래를 보며 또 한 번 실망하며 월급이 적다고 철없이 바가지 긁던 어느 날. 그 뒤 회사 일이 바쁘다며 야간작업을 들어가던 당신의 초췌한 모습에 거듭 실망하면서 이미 엎질러진 물이라 체념하며 처녀 시절의 싱그러운 꿈조차 생활 속에 조금씩 조금씩 묻어가는 동안 이제야 겨우 당신을 이해할 것 같습니다.

당신의 그 착한 마음으로는 차마 거짓말 할 수가 없어 결혼 전에 제가 당신이 하는 일이나 월급이 얼마냐고 물으면 어물쩍 넘기곤 했죠. 결혼 초에는 작업복조차 보여주기 싫어 회사에서 손수 빨래를 하다가 한 달이 지나서야 사실을 얘기하고 빨래를 가져오던 일이며, 월급을 조금이라도 더 받기 위해 야간일까지 해야만 했던 당신 심정은 결혼을 위해 나를 속였다는 미안함보다 저의 철없는 투정 때문에 자신이 더욱 초라하게 보였던 탓이겠지요.

첫 부부싸움도 그런 당신에 대한 나의 불만 때문이었죠. 그때 친정으로 간 저를 데리러 와서 친정아버님께 했던 당신의 말씀, 비록 돈을 못 벌어 가난하긴 해도 마음고생은 안 시키겠다고 맹세하신 후부터 제가 여간 잔소리를 해도 싫은 소리 한마디 하지 않았다는 것도 알고 있습니다.

지난 달 제 생일에는 술 취해 들어와 하셨던 말씀 "유진아, 나 용돈 좀 더 올려주라." 하도 어이가 없어 대꾸도 않고 당신의 옷을 챙기다 보니 주머니에 겨우 동전뿐이었습니다. 그 돈으로는 선물조차 살 만한 것이 없어 미안한 마음에 술 한 잔 들고 용돈 핑계를 댔던 것이겠지요.

"유진 아빠."

당신이 가끔 가지고 오던 〈하나〉라는 노보를 저도 몇 번 보
았습니다. 처음엔 노동해방이니 투쟁이니 동지니 하는 말이
너무 낯설고 섬뜩한 감도 없지 않았습니다. 그러나 그 속에
담긴 내용들은 지금 생각해보니 당신의 현실이며 또 저의 현
실인 것만 같습니다. 만 원짜리 한 장 갖고 시장을 가봐도 살
것이 별로 없을 만큼 물가는 오르는데 잔업하고 야간근무해
서 받아오는 당신의 월급은 오히려 작년만 못하고, 언제쯤
당신이 잔업 야간 하지 않고 일찍 집에 와 쉬는 날이 올까요.
언젠가 당신이 부부가 함께 회사에 다니는 동료 분 얘기를
부러움도 아니고 측은함도 아닌 투로 말한 적이 있지요. 그
때 나도 같이 돈 벌러 갈까 하고 억지를 부렸을 때 당신은 유
진이나 더 키워놓고 그런 말 하라고 했죠. 좁은 소견에 그래
도 하지 말라는 얘긴 하지 않는다고 서운하긴 했지만 당신이
힘들어하고 있다는 걸 느낄 수는 있었답니다.

"유진 아빠."

제가 당신의 짐을 조금이나마 덜어줄 수 있는 것이 지금으
로선 별로 없다는 것이 안타깝습니다. 다만 당신의 월급 쪼
개고 갈라 부금 넣고 보험 넣고 나머지로 꾸려가는 살림을
좀 더 알뜰히 살고 잔소리하지 않는 것이 고작입니다. 아직
유진이가 어려 다른 일도 못하겠지만 유진이가 좀 더 크고

나면 무엇이든 해서 당신을 돕고 싶어요. 그리고 지금은 가게에 가 당신이 좋아하는 두부를 사다 찌개라도 해서 당신이 곤한 잠에서 깨면 당신이랑 소주 한잔해야겠어요.

그래도 저의 하늘인 당신께 사랑하는 아내가.

| 상신브레이크노동조합 조합원 아내, 1996년 10월 |

내 영원한 맞수가
늙어간다

마흔여섯 살 된 중년 가장인 저의 옛이야기를 하고자 합니다. 노총각 딱지를 붙인 채 설을 맞아 고향에 갔다가 그만 아버님께 덜미가 잡혀 설날 정오쯤 어느 처녀집에서 선을 보게 되었습니다. 저는 예상도 못했고, 마음에도 없던 선이라서 대충 끝내고 나오려는데 그 처녀가 제 바짓가랑이를 잡는 것이었습니다.

"저는 아직 할 말이 많은데, 좀 더 이야기했으면 좋겠심니더."

애원하며 바지를 붙잡는 바람에 순간 제 한복바지가 엉덩이 아래까지 내려와 속옷이 드러나고 말았습니다. 저는 웃을 수도 화를 낼 수도 없어 엉겁결에 바지를 끄집어 올리면서 어처구니없어할 수밖에 없었습니다. 그러나 그 다음 말에 또다시 놀라웠습니다.

"미안합니다! 사과하는 뜻으로 제가 평생 그 한복을 빨고 손질해 드리겠습니다."

저는 이 순간 아가씨가 보기보다 야무지고 재치가 있어 보여 한참 더 이야기하다가 그 길로 그만 약혼 사진을 찍고 따스한 봄날에 결혼식을 올렸답니다. 아내는 저에게 간청을 했고, 저는 그 청을 들어준 셈이지요. 결혼 후 아내는 제게 순종했고, 저는 우월감을 누리며 행복에 젖어 살았습니다.

그런데 아이가 태어나고 또 태어나고 한참을 살다 보니 그게 아니었습니다. 결혼 초에는 80대 20으로 제 권위가 확실히 우위에 있었는데, 어느새 이것이 50대 50으로 대등한 입장이 되더니만 급기야는 아내의 목소리가 더 커져 있었습니다. 그러나 사는 데는 별달리 큰 불편이 없어서 그저 열심히 살았습니다.

이렇게 한참을 정신없이 살다 보니 50대 50은 간데없고 20대 80으로 완전 역전이 되어 날이 갈수록 돈도 못 버는 무능한 가장으로 전락되어 이젠 아예 저를 떡 주무르듯 하기 시작했습니다.

그러나 '준치는 썩어도 준치인 법!' 저도 남자인데 당하고만 살 수는 없지 않겠습니까? 그러다 보니 자연히 티격태격 싸우게 되었습니다. 그때마다 아내는 넋두리를 늘어놓습니다.

"아이구, 그놈의 바짓가랑이가 웬수다! 그때 내가 눈이 삐어 잘못 잡아도 한참 잘못 잡았다!"

"바짓가랑이 잡을 때 차버리고 나오는 건데 불쌍해서 구해 주었더니 어디서 더 큰소리야?"

그러나 저는 아내의 바가지 속셈을 잘 알고 있습니다. 감과 아귀찜을 까무러칠 정도로 좋아하는 아내는 제가 퇴근길에 감을 사들고 가거나 쉬는 날에 아귀찜이라도 사준다고 하면 마치 선볼 때 바짓가랑이 잡던 심정으로 찰싹 달라붙어 애교를 부립니다.

이처럼 티격태격 장군멍군으로 살아가는 우리 부부는 선을 본 기념일이자 약혼 기념일인 설날이면 또 다른 말싸움을 벌이곤 한답니다. 5남 1녀인 저희 형제는 설날이면 부모님께 세배를 드린 다음 형제와 동서 간에 서로 마주보고 함께 맞절을 하며 덕담을 하는데 그때마다 아내는 특유의 말투로 되풀이하는 말이 있습니다.

"자기, 올해에는 돈 많이 벌어오이소. 그리고 토정비결에 올해도 역시 여자 조심하라고 합디다."

아니, 이것도 덕담이라고 할 수 있습니까! 그때마다 저는 아내에게 되받아칩니다.

"올해는 남편에게 말대꾸하지 말고 제발 바가지 좀 안 긁었으면 좋겠소."

그런데 삶의 영원한 맞수인 아내가 요즈음 어깨와 팔목이 시고 아프다고 해서 걱정입니다. 그래서 올해만큼은 아내에게 진짜 가슴으로 덕담을 해야겠습니다.

"당신 건강했으면 좋겠소."

| 대원강업노동조합 조합원, 1996년 10월 |

아버지는
뭐 하시니?

3월의 새 학기.

여느 때와 마찬가지로 담임선생님으로부터 낯설지 않은, 그렇지만 가슴 아픈 한마디 질문을 받는다. "아버지는 뭐 하시니?"

지금 우리 식구는 다섯이다. 칠순 된 아프신 할머니, 열아홉 살짜리 두 쌍둥이 언니와 나, 그리고 아버지. 아버지와 할머니는 청각장애자이시며, 아버지는 30년이 넘게 수원에서 줄곧 구두수선을 해오고 계신다. 어머니는 내가 어렸을 때 찌든 삶의 무게를 이기지 못하고 집을 나가셨는데 그 때문에 집안 꼴은 엉망이 되어버렸다. 어머니가 우리를 버리고 집을 나가셨을 때 두 언니와 할머니는 시골에 있었고, 나는 네 살이라는 어린 나이에 아버지가 일하러 나가시는 동안 열쇠로 꼭꼭 잠긴 단칸방에 하루 종일 갇혀 있어야만 했다. 이상하게도 네 살이라는 어린 나이에도 지금까지 생생히 기억하는 것은 깜깜한 단칸방에 보온밥솥의 빨간불만 쳐다보며 아버지가 집에 오시기만을 기다리며 하염없이 울고 있던 내 모습이다.

아버지는 후천적인 청각장애자이신데 이러한 상황에도 늘 긍정하는 마음으로 생활을 하셨다. 우리 식구들에게 수화를 가르쳐주셨으며, 구두수선 일이 맡겨지면 항상 기쁜 마음으로 일을 하신다. 사실 아버지의 일은 남이 볼 때는 하찮은 일일 수도 있다. 하루 수입이 많으면 2만 원이고 적으면 만 원 정도이며 깨끗하고 말쑥한 직업도 아니기 때문이다. 몇 년 전 아버지께서 술을 많이 드시고 새벽에 집에 들어오신 적이 있었다. 그때 아버지는 우리 식구 앞에서 많은 눈물을 흘리셨는데 아버지가 너무 불쌍해보여서 알 수 없는 서러움에 북받쳐 온 식구가 까닭도 모르고 펑펑 울었던 적도 있었다. 그러나 아버지는 그 다음날 늘 그러하듯이 아침 일찍 일을 나가셔서 저녁 늦게 집에 돌아오셨다.

나는 작년 겨울방학에 고등학교 입시를 마치고서야 아버지께서 일을 하는 곳을 자주 찾아가볼 수 있었다. 아버지의 도시락을 방학 동안만이라도 챙겨드리고 싶었기 때문이다.

아버지께서 일하시는 곳은 자그마한 창고였다. 환기도 안 되고 좁은 그런 곳에서 아버지는 30년을 넘게 일해오신 것이다. 커다란 재봉틀과 나무받침대, 그리고 있으나 마나 한 오래된 구두 몇 켤레, 손때 묻은 아버지의 작업도구들. 나는 아버지 옆에서 아버지가 일하시는 모습을 지켜보면서 많은 것을 느낄 수 있었다. 비록 허름한 창고였지만 그곳에서만큼은 아침나절 힘없는 모습으로 일터로 나가실 때 초라함은 없었다. 입구에서 쪼그리고 앉아서 말없이 능숙한 손놀림으로 열심히 일하시는 아버지의 모습을 한참이나 지켜보았다. 아버지는 구두를 칠하거나 굽을 가는 데는 천 원, 가방이나 신발 수선은 2천 원이나 3천 원 정도 받는다. 천 원을 벌기 위해 손이 닳도록 구두를 칠하고, 구두 굽에 망치를 힘껏 내리치는 그런 당당한 아버지의 모습이 너무나 고마웠고, 또 내 마음을 뭉클하게 만들었다. 고작 몇천 원을 벌고자 아버지는 가방과 신발을 꿰매신다. 그래도 당신의 손이 가야 튼튼하고 볼품이 더 있어 보인다고 하시면서.

오후가 되자 아버지와 같이 집에서 싸온 도시락을 먹었다. 검은 구두약이 그대로 묻어있는 거친 손으로 수저를 드시고 주섬주섬 챙겨드린 도시락을 드시는 모습을 보니 갑자기 눈물이 핑 돌았다. 고개 숙여 딴 짓하며 눈물을 훔치는 순간 아버지께서는 구두약이 묻어있는 그 손으로 내 머리를 쓰다듬어주셨다. 그리고는 수화로 말씀하신다. "아빠는 그래도 이 일이 보람 있단다."

난 거칠고 투박하지만 지금도 아버지의 그 손을 자랑스럽게 생각한다. 아버지는 비록 적은 돈벌이이지만 구두 한 짝이라도 좀 더 빛나게 닦으려 했고, 못 하나라도 확실하고 튼튼하게 박으려고 노력하셨다. 아버지는 돈의 가치보다는 구두 한 켤레, 못 쓰게 된 가방 하나를 쓸모 있는 물건으로 만들고 난 뒤 기분이 좋아진다고 흐뭇해하신다. 아마도 그런 보람 때문에 30년이 넘도록 이 일을 계속하고 계신 모양이다. 종종 어떤 손님들이 아버지가 청각장애자라는 사실을 아는지 모르는지 이것저것 트집을 잡고 수선된 구두를 내팽개치는 것도 보았다. 그런 손님들과 한바탕 싸우고 계시는 아버지를 본 적이 있다. 아버지는 그래도 항상 그곳에서 지금도 힘겨운 구두수선을 하고 계신다.

남들은 구두수선을 무조건 더럽고 지저분한 것으로만 생각할 것이다. 그러나 나는 그렇게 생각하지 않는다. 나는 아버지께서 그런 것과는 상관없이 인생을 보람 있게 사시는 분이라고 생각한다.

비가 오든 눈이 오든 아버지께서는 환경과 처지에 상관없이 손님들을 위해 일을 하신다. 여름에는 너무 더워 답답하고 겨울에는 석유난로 때문에 머리가 아파도 조그만 일터에서 오늘 이 시간까지 일에 대한 긍지와 자부심을 갖고 살아왔던 우리 아버지가 너무나 자랑스럽다. 그래서 나는 담임선생님께서 "아버지는 뭐 하시니?" 하고 물어보실 때 당당하게 대답했다.

"아버지는요, 구두수선 하세요." 그리고 나는 빙그레 웃었다. 담임선생님께서는 내 마음을 알고 계신지 어쩐지 내 얼굴을 쳐다보시며 내 옆에서 나처럼 빙그레 웃으신다. 내 가슴이 갑자기 더워지는 걸 느꼈다.

| **우혜민** 신갈고등학교 1학년, 1997년 9월 |

지금도
늦지 않았다

　나에게는 가난이 죄다. 사람들은 배우지 못했다고 말을 하면 비웃는 눈으로 바라보는 것 같다는 생각에 마음은 말할 수 없이 아프다. 물론 저 사람이 나를 어떻게 생각을 하는지 모르기 때문에 언제나 내 자신이 두려워진다. 왜 이런 생각을 해야 하나. 나는 잘못한 일도 없는데 마음은 불편하고 가슴은 답답해진다. 언제나 두려움뿐이었다. 하지만 이제는 예전과는 다르다. 왜냐하면 한글 교실과 선생님을 만났기 때문이다.

　물론 배우지 못한 것이 자랑은 아니다. 그러나 너무도 어려운 가정에서 태어나 배우지 못하고 언제나 답답한 마음으로 살고 있을 때였다. 어느 날이었다. 딸 송희가 엄마도 이제는 배울 수 있다고 말을 해주었다. 나는 얼마나 기쁜지 나도 모르게 큰소리로 말을 했다. 어디에 있니 하고 물었다. 딸애가 말을 해주었다. 집 근처에 있어요. 나는 그곳으로 빨리 가보고 싶었다. 나는 딸아이와 함께 가보았다. 그 문에는 '일하는 사람들'이라고 써있다고 딸애가 말을 해주었다.

나는 문을 열고 안으로 들어갔다. 앞에는 칠판과 책상이 있었다. 나는 책상을 보는 순간 나도 모르게 한숨이 나왔다. 나도 이제는 공부를 할 수 있구나! 얼마나 기쁜지 말로는 표현할 수가 없고 딸애가 눈치라도 챌까 봐 아무 말도 하지 않았다. 하지만 책상에 앉아서 공부하게 되다니 이거야말로 얼마나 기쁜 일인가. 언제나 은행에서 돈을 한 번만이라도 찾아보고 싶었다. 이런 생각을 하고 있는 나에게 공부할 수 있는 기회가 오다니 얼마나 기쁜 일인가.

나와 비슷한 처지에 있는 사람은 내 입장을 이해하리라 생각한다. 그리고 언제나 우리를 기다리고 계시는 선생님에게 늘 고맙고 감사할 뿐이다.

그렇게 학원을 다니던 어느 날이었다. 우연히 아는 사람을 만나게 되었다. 나는 그 사람에게 죽을죄라도 지은 사람처럼 기분이 묘해졌다. 왜 내가 이러지? 아무것도 잘못한 일이 없는데 왜 마음이 불편하고 죽고 싶다는 생각을 하지? 그 사람은 나와 같이 계를 하고 있는 사람이기에 마음은 더 불안하고 답답했다. 사람들은 이상하다. 왜 남 일에 관심이 많은지 알 수가 없었다. 알면서도 묻는다. 그곳은 무엇을 하는 데냐고. 나는 무엇을 잘못이라도 한 사람마냥 말할 수가 없었다. 그 사람이 나와 비슷한 사람이면 나도 말을 할 수 있었을 것이다.

배운다는 것이 자꾸만 힘들게 느껴졌다. 남편과 자식에게도 왠지 부끄럽고 시어머님에게도 눈치가 보인다. 정말로 힘들고 어렵다는 생각을 했다. 사람들은 묻는다. 무엇을 하러 다니고 있느냐고. 나는 말할 수가 없었다. 언제나 웃으면서 놀러다닌다고 말을 했다. 그럴 때마다 열심히 배워야겠다는 생각을 했다.

그러던 어느 날이었다. 군대에 간 아들에게서 편지가 왔다. 편지 내용에는 '어머님, 이제는 자신 있지요?'라고 묻는 내용이 써있었다. 이제는 나도 아들에게 편지로 답장을 쓸 수 있게 되어서 얼마나 다행인가. 나는 내가 편지를 쓸 수 있다는 것이 꿈을 꾸고 있는 게 아닌가 생각을 한다. 내가 편지를 쓸 수 있다니 기뻤다. 편지를 보낼 수 있다니 얼마나 좋은지 나오는 눈물을 참을 수 없었다. 나는 한 번이라도 글로써 아들에게 사랑한다는 말을 써보고 싶었다.

"아들아, 잘 쓸 수는 없지만 너에게 사랑한다는 말을 어색하게 써본다. 아들아, 어색하지만 이제는 이렇게 너에게 편지도 쓸 수 있다. 얼마나 다행이니. 글을 몰랐다면 너에게도 영원히 사랑이란 말 한 번도 써보지 못하고 살았겠지. 그러고 보니 선생님께 고맙고 감사하다. 아들아, 이제는 아무도 원망하지 않고 살겠다."

'일하는 사람들' 문을 처음 열었을 때처럼 매사에 자신이 있을까 걱정이다. 벌써 졸업이다. 그러고 보니 여러 가지가 생각난다. 언제나 나에게 아름다운 추억이 될 것이다. 아, 그리고 배우길 원하는 사람이 있다면 망설이지 말라고, 지금도 늦지 않았다고 말하고 싶다.

| **마수분** 1997년 10월 |

날 대통령 한번
시켜봐!

• 내가 산업재해자인 만큼 전국의 350만 산업재해자들을 위해 지금은 70%만 지급되는 휴업급여를 100%로 올려 지급하도록 하겠다. 70%만 지급한다는 것은 세 끼 중 한 끼를 굶으라는 말과 다를 게 없기 때문이다. 또 산업재해 자들은 노총각이 많다. 결혼적령기이면서도 결혼을 아직 못한 노총각을 위해 범국민사업으로 결혼대책기구를 설 치하여 누구나가 행복한 가정을 이룰 수 있도록 하겠다.

김남열 산재노동자

• 가장 오래 일을 했지만 직업이 뭐냐고 물어오거나 회사 가 어디냐고 물어올 때 속 시원하게 대답 못 하는 난 날품

노동자. 그 수를 이루 헤아릴 수 없는 노가다꾼이지. 내가 대통령이라면 날품노동자 수부터 알고 싶어. 사람들 행복을 밑바닥에서부터 일궈내는 우리 노가다꾼들을 알아주는 그런 대통령이 되고 싶다. 막일판에 일 나가봤는가. 겨울엔 따뜻한 국물 한 바가지라도 먹고 움직여야 골병이 나지 않을 텐데……. 또 인간시장에 나가봤는가. 이래저래 꾸미고 빗고 나와도 버스 타면 날품노동자란 걸 난 알지. 사람 냄새가 나거든. 이제 겨울인데 겨울이 되면 없는 일거리가 걱정이지만 그보다 더 큰 걱정이 있어. 신나게 일하고 싶어도 돈 떼가는 놈들이 줄을 서 있기 때문이야. 일 시키는 놈도 그렇고, 용역회사도 그렇지. 날 대통령 한번 시켜봐! 돈 떼일 걱정 없이 일하도록 할 테야. 겨울이 무섭지 않은 나라를 만들 거야.

이상윤 일용노동자

- 나는 몇 년째 학원강사로 일하고 있다. 이번에 들어간 학원에서 일한 지는 아직 한 달이 덜 되었는데 그 사이에 벌써 선생 두 명이 짤렸다. 또 한 선생이 나갈 준비를 하고 있다. 나도 걱정이 된다. 언제 이 일터에서 원장 눈에 안 들어서 짤릴지 모르기 때문이다. 내가 가르치는 아이들보다 아이들이 무엇을 바라는가보다 원장 뜻이 어디에

있는지, 원장 기분이 어떤지 살펴야 하는 내가 싫다. 학원에서 원장이 선생들을 마음대로 대하는 것은 세상 분위기를 많이 탄다. 큰 공장 사장들이 그 공장에서 일하는 노동자들을 마음대로 부리니까 작은 학원 원장들은 말할 것도 없다. 아예 올해는 법에서도 천천히 정리해고를 인정하고, 필요할 때만 노동자를 사와서 일 시켜도 된다고 하니까 사장들은 더 기가 세진 것이다. 내가 대통령이 된다면 아낌없이 땀 흘려 일할 수 있고, 그것만으로 먹고 자고 사람 만나는 데 걱정 없이 살 수 있는 나라를 만들고 싶다. 또 내가 본 아이들은 하나같이 저보다 무거운 가방을 들고, 학교가기 싫다는 마음이 가방보다 더 무겁게 작은 어깨를 짓누르고 있다. 꿈을 키우고 밝은 이야기로만 채워도 모자란 아이들 마음이, 때리고 부수고 스스로 목숨을 끊고, 왜 이리 무섭게 되어버렸을까? 내가 만약 대통령이 된다면 제발 이 땅에서 피어나는 아이들을 위해 사람답게 생각하고 제대로 배울 수 있는 세상을 만들겠다.

임순옥 학원강사

• 지금 교통위반 적발을 보면 단속 경찰관들이 자기에게 맡겨진 건수를 채우기 위해 비겁하게 숨어서 단속을 하다 보니 잡히면 괜히 열받는다. 그래서 잡히면 실랑이를

벌이기도 하고 그 시커먼 속을 훤히 알기에 흥정을 하는 따위의 부조리가 판을 친다. 내가 만약 대통령이 된다면 적발 위주의 단속보다는 계도 위주의 단속만을 하게 할 것이다. 예를 들어 교통신호등이 있으면 멀찌감치 떨어져 단속을 하고 있는데, 앞으로는 교통신호등 바로 앞 또는 건널목에서 계도하도록 하겠다.

김의수 회사원

• 문예진흥기금이라고 있는데 이것을 타는 과정이나 절차가 대단히 복잡하고, 신청해서 실제로 타더라도 턱없이 부족하다. 또 작은 군, 면 단위는 문화기금이 턱없이 부족해서 문화공연을 하고 싶어도 할 수가 없다. 이런 데는 공무원들이 자기 임기만 무사히 채우면 된다는 안일한 생각으로 사업을 벌이기를 게을리하고 창의적이지 못한 데서도 온다고 본다. 대통령이 된다면 문화예술단체에 대한 지원을 늘려 저 멀리 있는 섬마을에도 문화공연이 신나게 열릴 수 있도록 하겠다.

놀이패 '우금치'

• 얼마 전 PC통신을 했는데 자연스럽게 대통령 선거 이야기를 했다. 모두 다 스스럼없이 누구를 찍겠다고 얘기했

는데 나중에 "이거 사전 선거운동으로 잡혀가는 거 아냐?" 하면서 떨떠름하게 끝났다. 누구든지 누구의 이야기라도, 또 무엇이든 마음 편하게 얘기할 수 있는 사회를 만들겠다.

김은정 서울 신림8동

• 겁나서 길거리를 다닐 수가 없어. 얼마 전에도 불량 청소년들의 짓으로 화재가 나는 일을 당했다니까. 또 학부모로서 학교 주변의 폭력배들을 없애야겠어. 그리고 내가 이 동네로 이사 온 지 11년쯤 되었는데 그때는 동네에 차가 두 대밖에 없었어. 지금은 헤아릴 수 없을 정도로 차가 많지. 차가 너무 많아서 소음도 심하고, 동네 사람들끼리 다투기도 하고……. 차를 없애고 자전거 전용도로를 만들 거야. 대중교통수단을 이용하는 방안도 세우겠어.

서천수 주부

• 우리나라는 개발에만 치우쳐서 우리가 사는 환경을 너무 많이 해치고 있다. 또 작게는 가정에서 나오는 쓰레기가 환경파괴의 한 요인이 되기도 하는데 대부분 거름으로 쓸 수 있는 음식쓰레기들을 그냥 버려서 문제가 되는 거다. 따라서 내가 만약 대통령이 된다면 도시의 각 지역과

농촌의 각 마을을 자매결연 맺어 집에서 나오는 쓰레기를 퇴비로 만들어 농촌에서 유익하게 쓰도록 하겠다.

최선희 교사

• 나는 교육 문제에 관심이 많다. 그 가운데 한 가지만 고른다면, 학교 교과서의 내용을 바꾸었으면 한다. 아이들이 각기 사는 생활환경을 무시하고 교과 내용을 모두 똑같이 만들어 획일적인 교육이 이루어지고 있다. 아이들도 도시 아이와 시골 아이가 다른데도 말이다. 내가 대통령이 되면 지방자치체를 정착시켜 교과서도 지방자치단체에서 만들도록 하겠다.

이정구 한겨레신문노동조합

• 나는 시골에 사는데 도서관이 군에 하나 있어 이용하는데 매우 불편하다. 내가 대통령이라면 면 단위마다 '작은 도서관'을 하나씩 만들겠다.

구선희 충남 서천

• 내가 만약 대통령이 된다면 첫째, 학벌에 따라 월급의 차등을 두는 것을 폐지하고 일의 처리능력에 따라 월급과 승진에 차등을 두겠다. 둘째, 이분의 맑고 갬이 심한 사람

(특히 여자상사)에겐 한 달씩 정신 강화를 목적으로 수양원에 보낼 수 있는 제도를 만들겠다. 셋째, 회사의 간부들을 사원들이 직접 평가하여 점수가 낮은 간부는 사표를 쓰게 할 수 있도록 하겠다.

장현아 회사원

• 재벌들을 모두 해체하고 중소기업 중심의 나라를 만들겠다.

대흥기계노동조합 조합원

• 기업을 살리겠다. 대한민국 기업은 모두 공기업이다.

LG화재노동조합 조합원

• 어디든지 뒷거래가 없으면 일이 안 되더라. 부정부패를 뿌리 뽑고 정직이 통하는 사회를 만들겠다.

김광호 상업

• 공무원이 제일 좋은 직업인 게 너무 싫다. 모두 안심하고 일할 수 있는 나라를 만들겠다.

최원홍 회사원

- 애를 놀이방이나 어린이집에 맡기는 데 돈이 너무 많이 든다. 한 달에 대충 45만 원은 든다. 인구 비례에 따라서 공공 탁아시설을 많이 지어 어머니들이 애들을 마음 놓고 키울 수 있게 하겠다.

권금향 회사원

- 경제 부총리 강경식을 몰아내겠다.

전흥권 기아자동차

- 질서를 지키는 자가 손해 보지 않는 나라를 만들겠다.

노정석 회사원

- 김영삼이가 장애인들한테 한 게 뭐가 있다고 장애인 상을 받았을까? 장애인 복지시설을 늘리겠다.

안주용

- 내가 바라는 대통령은 개구리가 되어도 올챙이 시절을 잊지 않는 사람이다. 어제의 말과 오늘의 행동이 같은 사람 말이다. 또 머리보다 가슴이 따뜻한 사람, 어떠한 이념보다 민족을 우선하여 굶주린 북한 동포를 도울 수 있는

사람이고, 뒷주머니가 깨끗하며 경제를 살려 우리 아버지 어머니 주름살을 펴줄 수 있는 사람이다. 지금 잘나가는 대통령 후보 다섯 명 중에서 꼭 고른다면 자기가 대통령이 될 자격이 없다고 생각하여 스스로 후보를 사퇴하는 양심 있는 사람을 고르겠다.

강원도 삼척에 사는 노동자

| 1997년 11월 |

교육과 노동자

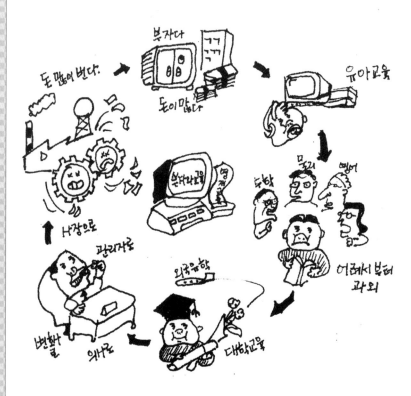

남선물산노동조합 '굴뚝의 함성' 1992.

또 노동자

가난하다

먹고 살려고 일해야 한다

(공장) 산업체학교 ㄱㄱ

학비가 없다

비갈도 없다

학교 중도 포기

노동자가 된다

자식도 교육 못시킴

일처럼간다ㅠㅠ

가난과 교육.

아내의
생일날

　오늘은 평소보다 일찍 일어나 잠든 아내를 깨우지 않고 살금살금 부엌으로 나갔습니다. 아내의 서른일곱 번째 생일날, 아내가 손수 차리는 밥상보다 제가 끓여주는 미역국에 생일상을 차려주고 싶었기 때문입니다.

　건미역을 물에 담가서 풀어헤친 뒤 깨끗이 씻어 냄비에 물과 함께 넣은 다음, 가스불 위에 올려놓았습니다. 조금 끓기 시작하자 몇 가지 양념을 넣고 마늘 다져 넣는 사이, 그 소리에 깨었는지 아내가 나왔습니다.

　잠시 휘둥그레지는 눈빛과 이내 밝게 웃으며 감탄하는 얼굴, 마냥 행복한 모습으로 밥상에 마주앉아 남편이 차려준 생일상이라며 입맛 없을 아침에 한 톨도 남기지 않고 깨끗이 비우는 것을 바라보며 제 마음 한구석에 그런 아내를 향한 연민이 피어올랐습니다.

'바보… 이 정도에 감동하다니…….'

결혼 생활 10년이 되어가는 동안 월급봉투 한 번 내밀어본 적이 없는 이 못난 남편을 원망할 생각은 않고, 바보같이 미역국 한 번 끓여준 것에 마냥 행복해하는 것이 못내 미안하고 안쓰러웠습니다.

없는 형편을 핑계 대며 처갓집에 소홀한 저는 탓하지 않고, 시댁 식구들이 무어가 고맙다고, 홀로된 시아버지에게 집 한 채 마련해드렸으면, 영업이 부진한 시동생에게 뒷돈 좀 대주었으면, 중학교에 입학하는 조카에게 교복이나 맞추어주었으면 하며 늘 챙겨줍니다.

아내에게는 남들처럼 곱고 예쁜 옷이 없는데도 이 남편은 옷 한 벌 제대로 사준 것이 없건만, 못난 남편 바깥에서 잘보이면 자기에게 무엇이 좋다고 때마다 갈아입을 수 있는 신사복을 맞춰주고, 지나가다 예쁜 넥타이를 보면 꼭 챙겨오고, 모임 때나 외출할 때 편안하게 입으라며 생활한복까지 마련해주고는 마냥 흐뭇해하는 아내……. 가끔 제가 써놓은 글을 읽고 조언도 해주고 격려도 해주다가, 어쩌다 우리 부부 이야기를 읽고는 독자들에게 부끄럽다며 걱정하는 아내에게 저는 우리 PC통신 동호회원들은 사람의 외모를 보지 않고 마음과 정성을 보는 사람들이라고 위로를 해줍니다.

아내에게 곧 나올 책의 인세수입 가운데 절반은 공무원노조 건설과 사회복지 실현을 위해 쓰겠다고 했을 때 집사람은 아무런 이의를 달지 않고 당연한 듯이 받아들였습니다. 인세의 절반으로만 빚을 갚는 것보다 인세 전부로 빚을 갚는 것이 지금 가난함에서 더 빨리 벗어나겠지만, 우리가 가야 할 길이 우리 가정의 행복만이 아닌 우리 이웃과 함께하는 삶이라는 공감대가 아내와 나 사이에 끈끈히 이어지고 있음을 다시 한 번 확인하게 됩니다.

사랑한다기보다는 서로를 믿는다고 했던 우리 사이, 연인이라기보다는 동지로서 아껴주고 챙겨주고 격려했던 날들을 뒤로 하면서, 촛불처럼 활활 타올라 우리의 것은 남지 않더라도 세상을 밝힐 수만 있다면 더 바랄 것이 없다는 아내에게, 생일날 아침, 부끄러움에 못다 한 말 한마디를 전합니다.

"여보! 미안해······."

| **임원택** 전국공무원노동조합 준비위원, 1998년 1월 |

생선
대가리

가을 햇살이 내리쬐는 아침. 베란다에 호일이 옷가지를 널다 문득 친정엄마 생각이 났다.

머리통이 굵어지는 중학교 때로 기억되는데⋯⋯, 밥을 먹다 생선 꼬리와 대가리를 손으로 뜯어먹는 엄마를 보며 '정말 엄마는 무식하게도 먹는데이, 더러운 손으로 생선을 뜯어먹다니, 젓가락은 뭐때매 있노?' 하고 속으로 엄마를 욕했던 적이 많았다.

또 제삿날이나 명절이 지나면 상에 올렸던 생선과 부침, 튀김을 넣고 국물을 푹 우려내고 거기에다 콩나물과 고춧가루를 풀고 장국을 어김없이 끓여먹었는데, 엄마 국그릇엔 늘 생선 대가리뿐이었다. 그걸 엄마는 맛있게도 훑아먹었다. 난 왠지 생선 대가리 훑아먹는 게 맛있는 건 줄만 알고 "엄마, 생선 대가리 내 도. 그게 맛있다." 하고 억지로 국을 덜어먹었던 게 생각난다.

아! 돌이켜 생각해보니 참 철없던 시절이었다. 호일이 밥 먹이려고 생선구이를 해주면 난 어릴 때 엄마가 했던 것처럼 손가락으로 생선가시를 발라낸다. 생선가시를 젓가락으로 빼내려면 뭔가 어설프고 생선가시가 젓가락에 들러붙어 떼기도 힘드니깐 손으로 발라내는 게 제격이라 느꼈기 때문이다.

명절에 시댁과 친정에 다녀오면 차 뒷자리가 터질 듯이 여러 음식을 챙겨오는데, 나도 남은 생선으로 엄마가 끓여먹었던 것처럼 장국을 끓여먹는다. 고기 몸통은 남편과 호일이에게 떠주고 나는 늘 생선 대가리를 빨아먹는다. 왜 맛없는 생선 대가리를 먹냐며 말하는 남편에게 "생선 대가리 훑아먹는 게 얼마나 맛있는데." 하며 대답하곤 한다.

결혼한 지 3년 넘어 흘렀고 아들 하나 낳고 보니 나도 모르게 어느새 엄마를 닮아가고 있다는 생각이 들었다. 왜 진작 엄마의 따스한 마음을 알지 못했는지, 엄마가 자식 생각하며 말하고 행동하는 걸 무식하다고 핀잔을 주었는지, 모든 것이 미안할 뿐이다. 이젠 나도 엄마가 했던 것처럼 똑같이 닮아가는데……

밥과 반찬을 숟가락으로 잘도 받아먹던 호일이는 요즘 떼를 쓰며 말을 듣지 않는다. 손가락으로 반찬을 집어먹는다나? 호일이는 엄마 마음을 알까?

| **이향내** 현대자동차노동조합 조합원 아내, 1998년 2월 |

겨울날 쓰는 봄 이야기
– 신문을 돌리며

퇴직금과 위로금

회사 주식으로 받아 나왔는데

이젠 주식마저

증권회사 꼬드김에

똥값도 아닌 깡통계좌 되어

빚마저 뒤집어쓰고

깡통 차게 생겼으니

체면이고 나발이고 팽개치고

아내에겐

새벽운동 간다 하고

새벽에 몰래

신문을 돌린다

올매나 오래 살라고 비오는디 운동 간다요

씨잘 데 없는 소리, 잠이나 자

큰소리 치고 나왔건만
겨울비는 새벽으로 달릴수록
서릿발로 곤두서고
빗물은 차갑게 설운 눈물 되어
살얼음이 깔리는데

어어
비닐에 담긴 신문 후드득
손 딛은 콘크리트는 서럽고
까진 손바닥엔 철쭉이 피었다

| **오도엽** 제관노동자, 1998년 2월 |

잊지 못할
내 생일

난 여동생과 단 둘이 자취 생활을 하고 있다.

매일 청소 당번을 정해 청소를 하고, 학교 갔다 오면 언제나 밥하랴 빨래하랴 늘 바쁘다. 남들은 모두 다 엄마의 몫이지만 우리 집은 거의 대부분이 장녀인 나에게로 돌아온다. 돈 만 원이 있으면 친구들은 '무얼 사먹지?' 하며 행복한 고민을 하지만, 난 언제나 '무슨 반찬거리를 사나?' 하며 머리가 터지도록 고민을 한다. 친구들은 용돈기입장을 쓰지만 난 가계부를 쓴다. 이젠 어느 정도 익숙해져 엄마 없이도 살 수 있을 것 같지만 그런 나에게도 가장 서러울 때가 있다.

그건 바로 내 생일이다.

무려 3년 전까지는 엄마가 차려주시는 따뜻한 밥에 미역국, 별 볼일 없이 초라했지만 지금은 그때의 생일상이 무지 그립다. 내 동생 생일이건 내 생일이건 미역국은 언니인 내가 끓여야 하고 선물은 아예 기대도 하지 않는다.

그러나 지난 9월 9일 생일날 아침에 난 영원히 잊지 못할 일을 겪었다.

이날도 여느 때와 마찬가지로 자명종 소리에 눈을 떴다. 시계를 보니 7시. 늘 그랬듯이 동생보다 먼저 씻고 나오는데 뜻밖에 방문이 잠겨 있었다.

"야, 아침부터 신경질 나게 문은 왜 잠그고 난리야?"

하며 문을 발로 세게 찼다. 한마디로 서러웠다. 미역국에 생일상은 아예 기대도 안 했지만 조그만 선물 하나 없었고, 아니 축하 메시지도 없었다.

화가 나서 나도 모르게 방문을 세게 밀치고 들어가니 방은 어둠에 깔려 있었고 열아홉 개의 촛불이 생일 케이크 위에서 나를 애타게 기다리고 있었다. 내 동생은 옆에서 쪼그리고 앉아 작은 목소리로 생일 축가를 불러주었다. 순간 너무 감격해 목이 메었다.

"언니, 촛불 끄기 전에 소원 빌어."

"음, 알았어."

말도 제대로 못하고 난 눈을 감고 두 손을 모아 마음속으로 소원을 빌었다. 우리 가족 모두 건강하고 사랑하는 내 동생 공부 잘하라고.

소리 없이 눈을 뜨고 촛불을 껐다. 눈물이 흘렀다. 동생이
너무 고맙고 사랑스러워서…….

"언니, 울지 말고 미역국에 밥 한 그릇 다 먹어야 돼. 그래
야 오래오래 건강하게 산대. 빨리 먹어."

"……."

아무 말 없이 동생이 말아준 미역국에 밥을 한 숟갈 입에
넣었지만 끝내 삼키지 못하고 또 울었다.

동생이 보기에 안쓰러운지

"언니, 이것 봐라. 내가 언니를 위해 두 달 동안 모아서 언
니 줄려고 정장 샀다. 예쁘지?"

갈색 상의에 갈색 바지, 세상에서 가장 예뻐보였다.

"고마워! 철부지로만 알았는데 내 동생이 날 이렇게 감동
시킬 줄 정말 몰랐네. 언니가 혜선이 생일엔 이것보다 더 멋
있는 거 사줄게."

하며 동생을 안아주었다.

시간을 알아보았더니 이제야 7시. 내 동생이 일부러 시계
바늘을 돌려놓고 연극을 한 것이다. 세상에서 가장 아름다운
연극을…….

| **정혜란** 선화여상 3학년, 1998년 2월 |

할아버지가
물려주신 낫

"아부지, 칼이 부러졌어. 또 만들어주세요."

다섯 살짜리 큰놈이 어떻게 했는지 반으로 부러진 나무칼을 들고 쫓아와 말하면 동생인 딸아이도 덩달아 거든다.

"아빠, 다른 인형두 만들어줘."

그러면 서로 이것저것 만들어달라고 생각나는 대로 마구 주워섬긴다.

"자동차 바퀴가 고장났어."

"아기 토끼 인형 만들어준댔잖아."

"둘리 인형이 없어졌어."

"진짜 총도 만들어주세요."

"나는 공룡."

틈나는 대로 꽤나 많이 만들어주었는데도 또 만들어달라고 떼를 쓰는 데야 만들지 않고는 못 배긴다. 할 수 없이 보일러실 구석에 매달아놓은 선반 위에서 낫을 꺼낸다.

농사지을 때 할아버지가 썼던 그 낫은 10년이 훨씬 더 지난 데다 하도 여러 번 갈아 날이 반은 닳아 없어져 볼품은 없지만, 쇠가 멀쩡하고 또 손에 익어 다른 어떤 칼보다도 다루기가 수월했다. 얼마 전에 자루가 썩어 부러졌을 때도 그 낫으로 자루를 깎아 새로 끼웠더니 오히려 더 마음에 들었다.

낫을 꺼내오자 아이들은 아주 좋아한다. 제깐에는 거든답시고 여기저기서 사과 상자 쪼가리와 나무토막 따위를 들어다 놓는다. 그리고는 또 이것저것 묻는다.

"아빠, 오빠 꺼야? 내 꺼야?"

"뭐 만드는 거야?"

"근데, 이건 낫이지?"

큰놈은 그래도 낫이라는 걸 아는지 그렇게 아는 체하며 묻는다.

'그래, 이게 낫이다. 니네 증조할아버지도 썼고 또 지금까지 아부지가 쓰고 있는 아주 오래된 낫이다.' 하고 속으로만 대답한다.

아이들은 그저 새로운 장난감이 하나 더 생긴다는 것만 좋아한다. 내가 왜 이 낫을 아끼는지는 모르고. 아니, 어쩌면

알고 있을지도 모른다. 장난감을 만들 수 있다는 걸 알고 있
으니까.

| **엄태선** 1998년 3월 |

아빠들의
돈봉투 걱정

4년 전인가, 우리 집 맏상주이며 외아들인 성진이가 초등학교 3학년일 때 어느 날 갑자기 잘 다니던 학교를 가기가 싫다고 떼를 쓰기 시작했다.

하긴 공부하기 좋은 사람이 어디 있나 싶어 이해를 하면서도 왜 그러는지 궁금해서 캐물으니 자꾸 얘기를 안 하다가 불쑥 한마디 던지는데……, 아빠는 왜 선생님한테 돈을 못 갖다 주게 해서 저를 피곤하게 만드냐는 것이다. 정말 쇼킹했다. 얘기를 들어보니 어떤 애들은 저보다 말썽도 많이 피우고 공부도 못하는데 엄마가 자주 와서 선생님한테 편지봉투를 주곤 하니까 항상 칭찬만 듣는데 자기는 그걸 안 하니까 찍혀서 만날 혼난단다.

정말 기가 막혔다. 아들을 잠재우고 둘이 앉아 이걸 어쩌면 좋을까 고민을 했다. 집사람 얘기를 들으니 1, 2학년 때는 선생님들이 좋아서 돈봉투를 안 건네도 별일이 없었는데 이번 담임 선생님은 돈봉투를 밝히기로 소문이 난 사람이라는 것이다.

나는 돈봉투를 건네는 게 그렇게 싫었다. 내가 은행엘 다니면서도 속칭 커미션을 받아본 적이 없는데 그걸 우리 집에서 가지고 간다는 게 정말 싫었다. 버티다 안 되면 다른 학교로 전학시키지 뭐 하는 배짱으로 버티고 있었는데 집사람 성화가 보통이 아니다. 빈손으로 인사를 갔더니 안색이 변하더라는 것이다. 자주 집에 전화를 걸어 애가 성격이 안 좋다는 둥 아이도 하나고 신랑이 좋은 직장 다니니까 어머니가 신경 좀 쓰라는 둥 정말 노골적이라는 것이다.

내가 학교엘 가서 해결하지 않으면 갖다 주고 말겠다며 자꾸 내 등을 떠미는데 학교엘 가본다는 게 쑥스럽고 막상 빈손으로 간다는 게 쉬운 일이 아니었다. 차일피일 하다가 부부싸움이 날 거 같아 큰마음을 먹고 학교엘 갔다.

정말 쑥스러웠다. 빈손으로 갈 수는 없고 혹시 몰라 안주머니에 봉투를 하나 넣고 약국엘 들러 뭘 살까 하다가 영비천은 비싸고 해서 박카스를 한 통 사서 도살장에 끌려가는 기분으로 학교에 들어서며 심호흡을 한 번 하고 물어물어 교실엘 갔다. 오가는 학부형들도 다 여자 분들이고 또 좋지도 않은 일로 여 선생을 뵈러가는 기분이 정말 떨떠름했다.

선생님을 뵈니 그렇게 반가워한다. 어머니한테 여러 번 전화를 드리니까 아빠께서 직접 왔냐고 싱글벙글한다. 첫 인사를 올리면서 호주머니에 있는 돈봉투는 잊기로 했다. 소신껏 살자고 결심을 하며 박카스만 건네니 자꾸 더 줄 게 없냐는 표정이다. 기왕 벼르고 온 거니까 확실하게 해야만 했다. 머릿속으로는 오늘 내 행동이 우리 아들한테 어떤 결과로 돌아올까 걱정도 하면서…….

그 당시는 내가 노동조합에 있을 때인데, 명함을 건네며 저는 은행에 다니지만 노동조합 간부로 이른바 운동권에 속한다고 겁을 주고, 우리 은행은 대출을 해주면서 돈봉투를 받는 직원은 그날로 파면을 시킨다며 제가 받는 게 있어야 선생님한테 드릴 게 아니냐고 정색을 하며 말했다. 선생님은 한순간 낯빛이 변하더니 요즘 돈봉투를 받는 선생님들이 어디 있냐고 펄쩍 뛴다. 박카스도 받으면 안 되는데 성의를 무시할 수 없어 할 수 없이 받았단다.

나보고 정말 훌륭한 사고방식을 갖고 있다며 우리 아들 성진이는 좋은 아빠를 둬서 좋겠다고 칭찬 일색이다. 기왕 온 김에 다짐을 확실히 했다. 제 아들이 개구쟁이라서 말썽을 많이 피울 테니 잘못한 일이 있으면 벌을 세우든 회초리를 드시든 전혀 문제없으니 혹독하게 다뤄달라고 신신당부했다. 그리고 앞으로 자주 찾아뵙겠다고 인사드리고 교실을 나왔다. 등에서는 식은땀이 나고, 학교를 나오며 담배 한 대를 태우며 곰곰이 생각해보니 기왕 일은 벌어진 거 잘했다는 생각이 들었다.

저녁때 집에 가니 집사람 첫마디가 당신도 결국 갖다 줬죠? 하는 것이다. 씩 웃으며 호주머니에 있는 돈봉투를 보여주고 꺼내서 내 지갑 속에 도로 넣었다. 이제 내일 아침에 성진이한테 무슨 일이 생길지 걱정이 앞섰다. 교실에서 아들 얼굴을 봤으니 다녀간 걸 알 텐데 학교에 가서 또 혼나면 그 화살이 나한테 오지 않겠는가.

다음 날은 그 좋아하는 술도 안 마시고 일찍 퇴근했다. 집에 들어서니 아들이 막 달려들면서 안긴다. 한 손에는 상장을 들고. 오늘 상을 받았단다. 덧붙이는 한마디가 더 충격적이다. 아빠가 선생님 만나서 봉투를 주니까 선생님이 상을 줬다나.(정말 돌아버릴 뻔했다.) 오늘 하루는 칭찬도 여러 번 들었단다. 학교 다닐 맛 난다고 싱글벙글…….

그날 이후 나는 해마다 '근로자의 날'이 되면 학교엘 간다. 그날은 학교는 쉬지 않으니까 찾아가기에 안성맞춤이다. 박카스를 사가지고 학교엘 가는데 선생님들이 그렇게 좋아하신다. 엄마들만 오시는데 아빠가 직접 오는 걸 보니 자녀 공부에 엄청 관심이 많은 모양이란다. 돈봉투 신경 쓰지 말란다. 학교도 많이 변했다고. 빈손으로 와도 좋으니까 자주 오란다. 정말 기분 좋다.

아빠가 쉬는 날 학교에 와주니 꼬마놈 기분이 좋은 모양이다. 책상에도 앉아보고 게시판을 보면 아들놈 벌 받은 날 빨간색 별표가 붙어있다. 그래도 기분이 좋다. 작년에 찾아뵈었던 6학년 선생님은 교직 생활 30년 만에 쉬는 날 아빠가 찾아온 건 처음이라고 정말 좋아하셨다. 올해도 5월 1일 노동절엔 학교엘 가야 한다. 이제 중학교 1학년이 되었으니 아들의 달라진 모습을 볼 기대에 차있다.

돈봉투! 정말 우리나라 부조리의 근원이 돈봉투인 것 같다. 오늘 아침 신문을 보니 어느 재수생 부모가 자식을 음대에 보내려고 5년간 쓴 과외비가 50평 아파트 한 채 값인 5억 원이란다. 나는 하고 싶어도 쓸 돈이 없고, 또한 쓸 돈이 있더라도 돈봉투를 건네고 싶은 생각이 조금도 없다. 단지 1년에 한 번 노동절날 박카스 사들고 선생님을 뵙는 걸로 만족한다. 많은 선생님들이 더 좋아하시는 것 같다. 올해는 중학생 학부형이 되니 더욱 기다려진다. 중학생이 되었으니 박카스 대신에 영비천으로 올려야 되지 않을까 고민은 조금 된다마는……

| **윤명기** 신한은행 청량리지점, 1998년 6월 |

질투

나는 밤일 나가고
아내는 낮일 나가고
한 주일 동안 꼬박
얼굴 한 번 못 봤다

드디어 오늘은 일요일
맥주 한 병 앞에 놓고
한 주일의 이야기 주머니를 푼다
잔이 몇 번 부딪히고
주말의 명화처럼 우리도
입맞춤을 하려는데 갑자기
전화벨이 울린다
엘렐렐렐레
엘렐렐렐레

| **문영규** '일과 시' 동인, 1998년 10월 |

사라진
제자

더 이상 그 애를 기다릴 수 없게 되었다.

10여 년간 담임을 하면서 중도에 탈락한 경우가 처음이다 보니 여간 착잡한 게 아니었다. 그것도 두 명씩이라니.

범이가 가출한 지도 벌써 석 달이 넘었다. 윤이 또한 범이와 비슷한 시기에 온 가족과 함께 느닷없이 사라졌다.

범이는 시골에서 근근이 사는 녀석인데 이미 엄마가 가출한지라 술주정뱅이 아빠의 매에 견디다 못해 탈출한 듯하고, 윤이는 아빠가 IMF 한파의 여파로 가게가 부도가 날 조짐을 보이자 미리 이웃 돈을 챙겨들고 줄행랑을 치는 바람에 얼떨결에 같이 쫓기는 신세가 된 것이다.

한꺼번에 두 녀석이 없어지고 보니 교실 분위기가 영 아니다. 대개 남학생들의 가출은 며칠 있다 돌아오게 마련인데 범이는 아주 단단히 각오를 한 모양이다.

옷차림이 늘 꾀죄죄하고 손버릇 또한 고약해서 거지라 놀림 받던 범이. 범이가 집을 나간 지 달포 가까이 되던 어느 날, 난 뜻밖에도 엉뚱한 곳에서 녀석의 소식을 듣게 되었다.

기말시험 준비로 분주한 어느 날, 칠순은 넘어보이는 웬 노인 한 분이 찾아왔다.

"범이가 집을 나가서 안 들어왔지요?"

뜻밖에도 그 어른께서 범이 이야기를 꺼내는 것이었다. 대전에 사신다는 그 분은 범이와는 아무런 연고가 없는데 어느 날 우연히 범이를 알게 되어 함께 지냈다고 한다.

아마 범이는 가출 후 일정 기간을 대전역에서 배회하며 지냈던 모양이다. 그러다 지닌 돈(아빠 돈 5만 원을 슬쩍 했음)이 바닥이 나자 역 광장에 있는 노인들에게 구걸을 한 듯싶다. 마침 그 자리에 이 어른이 있었는데 궁기 가득한 아이의 모습이 여간 불쌍한 게 아니더란다. 그래서 밥을 사주면서 "갈 데 없으면 나와 같이 가련?" 했더니 순순히 따라나서더란다. 그래서 그 뒤 함께 생활하게 됐다는 것이다.

노인장께서는 이미 할머니가 돌아가셔서 혼자 지내고 계시지만 자식의 신세를 지고 싶지 않아 따로 살고 있다고 했다. 젊어서부터 목수 일을 하신다는 그 분은 범이의 출현이 새로운 삶의 활력소였던 모양이다.

함께 지내던 어느 날, 노인은 범이에게 "너, 집에 들어가기가 정 싫으면 여기서 나랑 아주 살자. 내가 학교도 보내주고 너의 뒷바라지도 해주마." 했더니 그러겠노라고 하더란다. "그러면 일단 네 아빠께 허락을 받고 오너라. 아빠 돈 훔친 것이 부담이 되면 내가 줄 테니 갖다드리고 용서를 구하거라." 이 말이 떨어진 순간 아이는 갑자기 하염없이 울더란다. 도저히 집으로 들어갈 용기가 없다는 것이다.

그날 저녁 집에 돌아와 보니 아이가 없더란다. 서랍 속에 넣어둔 돈과 함께 녀석은 사라진 것이다.

노인장은 말을 계속 이었다.

"내가 실수를 했지요. 집에 들어가기를 지옥보다 싫어하는 녀석에게 집에 다녀오라고 했으니 말이에요. 하지만 난 정말 녀석하고 살고 싶었다오. 지금도 집에 들어서면 혹시 녀석이 와있지 않나 하고 찾게 된답니다. 정말 그 녀석이 보고 싶군요. 그래서 찾아왔는데……."

그때 쓸쓸한 뒷모습을 남기며 떠나시던 그 어르신의 출연은 나를 몹시 부끄럽게 했다.

"밖에서 아이가 사고 치면 학교 입장만 곤란하다"면서 빨리 취학유예시키라는 윗분의 말씀도 그 노인장 때문에 버텨왔는데 이제는 어찌할 도리가 없게 되었다. 범이 아빠를 만

나보니 가출 초기에 제 누나한테만 근근이 전해주던 전화 소식마저 끊겨버렸단다.

윤이의 소식도 여전히 오리무중이다. 무책임한 아빠 때문에 기구한 운명이 된 두 아이를 학급명부에서 지우면서 난 괜스레 부끄러워 내 이름자도 함께 지우고픈 심정이었다.

| **조만희** 충북 옥천중학교 교사, 1998년 11월 |

썰렁한 이야기 나누며
고개를 넘는다

냇물에 런닝을 세 번째 빨았다. 하늘에는 구름이 끼고 간간이 바람도 부는데 온몸에 땀이 비 오듯 한다.

아이들이 숲길을 걸어갈 수 있도록 가시덩굴과 넝쿨식물로 막힌 길을 뚫고 발효식품을 만들 약초를 베느라고 '조자룡 헌 칼 휘두르듯' 낫을 휘두르니 불알 밑으로도 땀방울이 줄줄 흘러내린다.

커다란 포대로 두 포대를 꾹꾹 눌러담은 약초를 지게에 지고 두 다리에 힘을 주면서 지게 작대기에 기대 일어서니 어깨에 지게 멜빵이 깊숙이 파고든다. 쇠로 만든 지게(요즈음에는 시장에서 무쇠파이프로 지게를 만들어 판다. 지게를 만들 나무를 찾으려면 며칠을 두고 한겨울 산속을 헤매야 하는데 그 일을 게

을리했으니 무거운 쇠지게라도 져야 한다)와 그 위에 얹힌 풀 무게를 더하면 아마 좋이 60kg은 되리라. 그걸 지고 가파른 고갯길을 올라야 한다.

이게 요즈음 내 일과 중 하나인데, 언젠가 나처럼 시골에 와서 농사를 짓겠다는 꿈을 지니고 잠깐 일손 도우러 온 서울 젊은이가 하루 종일 내 곁에서 서툰 낫질을 하더니 "하루 일해보니 사람들이 왜 선생님 따라가지 말라고 하는지 알겠다." 한다. 왜냐고 물었더니 "쉴 틈을 주지 않잖아요." 한다. "자기 힘에 맞추어 천천히 하면 되지, 그리고 힘들면 낫 놓고 쉬면 되지, 지지 않겠다고 바득바득 따라 해놓고선 이제 와서 날 원망하면 어떻게 해." 핀잔을 했다.

"그래도 노인네가 일하고 있는데 젊은 놈이 어떻게 쉬어요?" 이런 놈 좀 보게나. "내가 왜 노인네야? 그래도 이 마을에서는 젊은 축에 드는데." "예순 가까운 나이인데 노인이 아니라면 누가 노인이에요?" 꼬박꼬박 말대꾸는. "그러면 이놈아, 젊은 니가 이 지게 지고 가라." "그렇잖아도 가여워 보여서 제가 지려고 해도 엄두가 안 나요. 허리 부러지면 어떻게 해요. 내 마누라 책임지실래요?" "마누라 이뻐?" "못생겼어요." "그럼 너나 가져라. 차라리 지게 지고 가고 말지."

이렇게 시답잖은 농지거리를 주고받으며 산길을 걷다가 지게를 작대기에 받쳐놓고 숨을 헐떡이고 있는데, 서울 젊은이 또 말을 건다.

"선생님, 왜 이렇게 사세요?" "이렇게 사는 게 뭐 어때서?" "너무 힘들지 않아요? 어쩔 수 없다면 몰라도 다른 길이 있는데 굳이 이렇게 어려운 길을 왜 걸으세요?" 어디서 많이 듣던 이야기. "아, 이놈아, 이게 우리 집 가는 외길이여. 이 길 내버려두고 숲속으로 접어들면 더 편할 것 같아?" "누가 이 산길 두고 하는 말이에요? 삶의 목표가 무엇이냐고요." 점입가경일세.

"지금 내 숨소리 어때?" "거칠어요." "왜 거칠어?" "그야 무거운 짐 지고 가파른 고갯길 올라왔으니까 거칠 수밖에 없잖아요?" "무거운 짐 지고 고갯길 오르면 숨이 거칠어진다?" "예." "그거 어떻게 알았어?" "지금 선생님 숨소리 듣고요." 만만치 않군.

"아까 가풀막 오를 때 나 숨넘어가면 어떻게 돼?" "그야 죽는 거죠, 뭐." "산다는 게 뭐야?" "예?" "목숨이 붙어있으니까 사는 게 아니냐 말이야." "그야 그렇죠." "그런데 목숨은 또 뭐야?" "생명 아닌가요?" "목숨이나 생명이나 그게 그거지. 목숨 간단한 거야. 목으로 쉬는 숨이 목숨이야. 들숨 날숨 번갈아 쉬는 게 목숨 아니냐고." "그렇기도 하네요." 시큰 둥한 게 여간 건방지지 않군.

"그렇기도 한 게 아니라 바로 그거야. 사람은 숨통이 막히면 살 수가 없어. 어디 사람뿐인가. 다 마찬가지지." "그런데 요?" 허허, 이놈 봐라.

"아까 삶의 목표가 무어냐고 물었잖아?" "예." "숨통 막히 지 않고 목숨 이어가는 것." "애걔, 고작 목표가 그거예요?" "아니, 이놈 보게나. 그게 왜 고작이야? 죽는 날까지 숨결 고 르게 사는 게 그리 쉬운 줄 알아? 나도 너처럼 젊은 시절에 편하게 숨 쉬며 살겠다고 무거운 짐 지고 산길과 들길을 걷 는 버릇을 들이지 않아서 내 몸무게도 안 되는 짐을 지고 야 트막한 고개 하나 넘는데도 이렇게 숨결이 흩어지는 거 못 봐? 마음공부가 숨결 고르는 데서 비롯한다는 건 온 세상 수 행자의 공통된 견해야." "에이, 썰렁해. 괜히 물었네." 원, 싱 거운 녀석.

다시 작대기에 힘을 주고 지게 통발을 어깨로 뽑아올리자 니 종아리에서 장딴지로 힘살이 단단하게 뭉쳐지는 게 느낌 으로 전달된다. 발놀림이 너무 느려도 너무 빨라도 숨이 턱 에 닿아 숨결 가누려면 자주 쉬거나 아예 주저앉는 수가 있 으니 발가락에 힘을 주되 걸음을 가락에 맞추어 떼어놓아야 한다. 한달음에 집까지 내닫고 싶지만 마음뿐이지 다시 냇가 다리에서 지게를 벗어놓고 가쁜 숨을 쉰다.

이번에는 내가 말을 건다.

"자네, 나중에 농사지으면서 살겠다더니 그 마음 아직 바꿰지 않았어?" "다시 생각해보아야 할 것 같아요." "왜?" "우리 부장이 시골 출신인데 지금도 주말이면 농사짓는 부모님 일손 도우러 고향에 가거든요. 서울 근교라서요. 제가 농사 이야기 꺼냈더니 한마디로 사치스러운 생각이래요." "왜 사치스럽다는 거야?"

"한 번도 제대로 몸 놀려 일해보지 못한 서울놈 주제에 나이 마흔이 넘어서 하나하나 농사일을 익히는 것도 쉽지 않을뿐더러 땅을 살리고 건강을 해치지 않는 방식으로 농사를 짓는답시고 어려서부터 농사에 이골이 난 농사꾼마저 힘들고 생기는 게 없다고 버린 옛날 농사방법을 고집하자면 그동안 저축해놓은 돈을 곶감 빼먹듯이 탕진해야 할 터이니, 그게 사치가 아니냐는 거죠." "제법 말이 되네." "그래서 할 말이 없더라고요." 이런 용렬한 인간.

"아니, 그래 이놈아 나이 쉰이 넘어서도 삶의 길을 바꾸는 사람을 눈앞에 보면서도 그런 말 한 귀로 흘려듣지 못하고 마음에 담아 가슴앓이를 해? 안 되겠다, 이 지게 니가 지고 가라." "못해요." "못하기는, 어서 져." "꼭 져야 돼요?" "아무렴, 노인네가 불쌍하지도 않냐?" "허리 부러지면……." "염려마라. 인물이 빠져서 마음에 썩 탐탁하지 않지만 니 각시 내가 책임질게." "그럴 수는 없지요." "그럼, 허리에 힘 바짝 주고……." "해볼까요."

"해봐." 발은 비칠비칠 숨은 헉헉 위태위태하지만 그렇다고 결국 네 짐이 될 터인데 언제까지 내가 져줄 수는 없잖아.

| **윤구병** 변산농부, 1998년 11월 |

우리 집

좁은 골목
가파른 계단
거대한 쓰레기장 같은
우리 동네 집들

누구네 집은
34평
누구네 집은
3층집

학교 끝나고
집에 돌아올 때
만석동 쪽으로 가는 것이
정말 싫다

아이들도
다 떠나고
집들도
다 부서졌다

초등학교 땐
쪽팔린 거
몰랐지만

중학교 가선
학교에서
말도 못 꺼낼 정도로
챙피하다

엄마 일 다녀오시고
새카맣게 탄 얼굴을 보면
이사 가자는 소리를
딴 동네를 가자는 소리를
못하게 된다

지쳐보이는

엄마 얼굴을 보면
나오던 말도
쏘옥 들어간다

학교 5층 음악실에서
우리 동네
훤히 다 보일 때

난
난
작은 거짓말을 하게 된다
저기 저 보이는
교회 뒤편이 우리 동네라고

교회 뒤에 가려진
우리 동네 모습은
아는 아이는 알고
모르는 아이는 모른다
하지만
하지만 앞으로는
정직하게 말하겠다

저기 저
큰 교회 뒤에 가려진
판잣집이
우리 집이라고

| **김아란** 중학교 1학년, 1998년 11월 |

겨울나기

입사 뒤 두 번째 맞는 겨울, 어느 정도 적응이 되어가지만 추위만큼은 좀체로 극복이 안 된다.

정비부 내 전동차 안의 기온은 밖에서 보는 것과는 천지차이다. 한마디로 여름에는 온실 속의 온실이요, 겨울에는 성능 좋은 냉장고 뺨친다. 동잠바에 솜바지, 거기다가 장갑 두 켤레를 겹쳐 끼고, 얼굴엔 마스크. 이만하면 완전무장. 마음 단단히 먹고 작업 개시!

작업 시작한 지 30분 경과, 어! 뭔가 조금씩 이상해지기 시작한다. 4mm 나사가 자꾸 손에서 떨어진다. 발도 이상하다. 발끝이 찌리 찌리 해진다. 이미 몸은 추위에 너무 많이 노출되어 피로한계에 도달한 것이다. 게다가 엎친 데 덮친다고 이젠 코에서 콧물까지 찔끔찔끔 흐른다. 장갑은 30분 전에는 새것이었는데 벌써 새까맣다. 장갑을 벗고 콧물을 닦어, 조금 까맣기는 하지만 그냥 닦어, 아니면 그냥 빨아먹어 버려, 고민하는 사이에 콧물은 벌써 입술 언저리까지 밀고 내려왔다. 이 난감한 순간 당신은 어떻게 하겠는가? 처음엔 고민 아닌 고민을 조금 했지만 이제는 생각할 필요가 없다. 왜냐, 하루에도 수십 번씩 반복되기 때문에 그때마다 기분에 따라서 쓰억! 때로는 쩝쩝! 동장군과의 한판 승부가 시작되었다.

동장군의 무기가 한파라면 우리의 무기는 '깡다구', 작전명 '추워도 안 추운 척'. 그렇게 버티다 보면 개나리 처녀와 가슴 설레는 만남이 다가오겠지. 그날을 기다리며, 또 한 번 동장군과 전투가 시작된다.

| **정상환** 부산지하철 노포차량지부, 1998년 12월 |

밥

나 어릴 때 길을 가다가
다리 밑을 보게 되었네
때에 절은 거지들이
바가지에 담긴 밥을 더 먹으려고
큰소리로 싸우고 있었네
처음엔 말로 하다가
주먹으로 때리고 밀치면서
피 묻은 자기 입에
움켜쥔 밥을 쑤셔넣더군

나 중년이 되어 어느 집을 갔을 때
둥근 상에 앉아 웃고 떠드는
한 가족을 보았네
생선에 쇠고기에 산나물까지
반찬이 그득하더군

세상에 배고픈 사람이 있겠냐는
얼굴들이었네

나 이제 늙은이가 되어 길을 가노라니
많이 배웠다고 잘났다고
으스대는 인간을 만나게 되네
그러나 세상사람 모두 배부르게 한 다음
맨 나중에 배부르겠다는 사람 별로 없네
아, 아, 참으로 드물다네

| **최선웅** 출소하신 장기수 할아버지, 1999년 1월 |

아스팔트의
사나이

여행을 좋아하시는 부모님은 돌아오실 때마다 배꼽 잡는 이야깃거리를 만들어오신다. 나이 차이가 10년 이상이나 나는데도 두 분은 부부동반 여행에 자주 참석한다. 그동안 여행 중에 겪었던 이야기를 엄마한테 들을 때마다 우리 남매들은 배꼽을 쥐고 웃곤 했지만 한편으로는 무심한 우리 엄마가 너무하다 싶었다.

그날도 아버지와 엄마는 종친회에서 주최하는 남해안 여행을 떠나셨고, 그 길에 있었던 일이다.

버스 안은 여행으로 들뜬 분위기와 오랜만에 만난 친지들의 이야기, 그리고 노래와 춤으로 시끌벅적했다. 한참 뒤 버스는 휴게소에 들러 화장실에서 볼일 보는 시간을 주었다.

그런데 그게 문제였다. 버스 안에 있던 대부분의 사람들은 화장실을 갔지만 우리 엄마는 옆에 앉은 친척 분과 이야기꽃을 피우느라 바로 옆 창가 쪽에 앉아계시던 아버지가 나가신 줄도 모르고 있었던 것이다.

출발 전에 안내양이 "안 오신 분이 있는지 확인 바랍니다." 하는 안내방송을 여러 번 했지만 엄마는 신경 쓰지 않고 건너편 친척과 이야기하느라 여념이 없었다.

한참을 그렇게 버스가 달리던 중 종친회에서 제공하는 박카스 덕분에 아버지가 안 계신 게 밝혀졌다. 안내양이 한 사람에게 한 개씩 박카스를 나눠주었는데 엄마는 두 개를 받아 들고 아버지 쪽에는 눈길도 주지 않은 채, "당신도 하나 드셔유." 했으나 옆 좌석의 아버지가 대답할 턱이 없었다. 엄마는 옆 좌석이 너무 조용하고 아무 대답이 없기에 머리를 휙 돌려서 보았는데, 아뿔싸! 빈자리였던 것이다.

엄마는 너무나 당황한 나머지 벌떡 일어나서 운전석을 향해, "우…우리 영감 안 탔시유!" 하셨단다. 속 타는 엄마의 심정은 말할 것도 없겠지만 운전기사님은 벌써 30~40분을 달려온 길을 다시 돌아가게 된 것에 대해서 화를 무척이나 많이 내셨단다. "아니, 30분이 넘도록 도대체 뭐 하고 계신 거예요?" 엄마에게 그 말이 들릴 리 없었다. 어서 빨리 차를 돌려 영감을 태워와야 한다는 생각뿐이었다.

사실 아버지가 낯선 땅의 미아가 될 뻔한 게 이번이 처음은 아니었다. 엄마와 아버지는 나이 차이도 많이 났지만 성격도 반대였다. 아버지는 구경할 때도 차근차근 세심하게 관찰하는 반면에 엄마는 걸음이 무척 빠르고 성격이 급하기 때문에 한 장소에서 오랫동안 구경을 못 하시는 편이다. 이런 성격 차이 때문에 젊었을 때 다툼도 많았다. 엄마는 옆집에 마실 나가는 것을 낙으로 삼는데 아버지는 젊은 여편네가 이 집 저 집 돌아다닌다고 핀잔을 주곤 했기 때문이다.

한편, 휴게실에서 볼일을 마치고 버스가 있던 자리로 돌아온 아버지는 가슴이 철렁 내려앉는 기분을 느꼈다고 하신다. '이거 큰일났구먼! 나를 떼어놓고 가버렸으니 워쩐디야…….'

그때 당시 연세가 여든하나였던 아버지는 그야말로 엄마를 따라나선 어린아이 같았다. 한참을 휴게소 귀퉁이에 쪼그려 앉아있던 아버지는 결의에 찬 눈빛으로 고속도로를 향해서 달리기를 시작하셨단다. '이 길을 쭉 따라가다 보믄 내가 없어진 걸 알고 다시 돌아와줄 거구먼!' 하는 생각으로 처음에는 고속도로 갓길로 뛰어가기 시작하셨다. 한참을 뛰어가다 '혹시 반대편 차선에서 나를 보지 못하고 휴게소로 다시 가면 워떻혀. 중앙선을 따라가믄 그럴 염려는 없을 거구먼.'

그때가 8월 무더위가 기승을 부리는 아주 더운 여름날이었는데, 우리 아버지는 하얀 모시적삼을 입고 하얀 백발을 휘날리며 중앙선을 따라 마라토너같이 팔을 휘저으며 달리기 시작하신 것이다.

드디어 어느 지점에서 운전기사님은 하얀 노인을 가리키며, "저 분 맞아요? 저기 달려오시는 할아버지 말예요." 버스 안에 있던 승객들은 모두 몸을 들어 앞쪽으로 가서 그 광경을 보고, 한편으로는 안도의 숨을 쉬고 한편으로는 폭소를 터뜨렸다. 차에 오르신 아버지는 거의 기절하기 직전이었다.

체구가 작고 늙어 깡마른 우리 아버지가 전속력으로 고속도로를 달리는 모습을 지금에 와서 상상해보면 웃음이 절로 나오지만, 자칫 길이 엇갈렸으면 다시는 아버지를 못 뵐 뻔했다는 아찔함에 마음이 저릿해온다.

그런 일이 있은 뒤에도 우리 아버지는 어디 구경 갈 일이 있으면 열 일 제쳐놓고 무심한 엄마를 따라나서신다. 그때마다 아슬아슬한 이야기를 만들어오는 것을 빼놓지 않고.

그런데 요즘 아버지가 허리가 편찮으시다. 앞마당을 두 분이서 서로 쓸겠다고 옥신각신하다가 넘겨졌다고 하신다. 벌써 두 달 가까이 되어가는데 아직 일어나지 못하신다. 빨리 나으셔서 당신이 좋아하는 여행도 다니고 서울 딸네 집에도 오셨으면 좋겠다.

| **김주란** 거평시그네틱스 품질관리부, 1999년 2월 |

사랑하는 딸
은주에게

설날도 지났으니 은주 나이가 열한 살, 이제 곧 4학년이 되겠구나. 추운 겨울 이기고 봄 햇살 받아 마디를 뽑아내는 보리처럼 무럭무럭 자라나는 은주 모습이 아빠는 무척이나 대견스럽단다. 하지만 아빠는 왠지 마음 한구석이 허전하구나.

만나서 함께 얘기를 나누며 웃음꽃을 피우던 기억이 아련할 만큼 아빠가 은주를 제대로 돌보지 못했다는 생각을 떨칠 수가 없단다. 은주가 태어나고 열한 살을 먹는 동안 아빠하고 함께 보낸 시간이 3년이 될까 말까 하지? 무심한 아빠가 참 미웠을 거야. 애비 노릇 제대로 못하는 아빠도 마음이 아프긴 마찬가지란다.

그래도 은주를 생각하면 아빠는 절로 힘이 난단다. 오랫동안 떨어져 있었어도 우리 은주가 아빠를 잊지 않고 사랑한다니 참 고마운 일이구나. 아빠는 또 우리 은주가 자랑스럽단다. 부모님 사랑을 받지 못하면 다른 아이들은 시무룩해 있거나 비뚤어지는 걸 보았는데 우리 은주는 그렇지 않은 걸 아빠는 잘 알고 있단다. 늘 밝고 명랑하게 살고 있으니 한편으론 걱정스러워도 아빠는 마음을 놓을 수가 있구나.

몇 달에 한 번씩 만날 때마다 옷이나 신발 같은 걸 사주고 마는 아빠한테 불만이 많았지? 늘 시간에 쫓겨 다정하게 은주 얘기를 듣고 아빠 얘기도 하는 시간을 갖지 못했지. 아빠도 은주만큼이나 그게 무척이나 아쉽단다. 짧은 시간이지만 그래도 은주가 활달하게 행동하고 명랑하게 얘기하는 걸 보면 아빠는 참 행복했단다. 아마도 은주와 함께 보낸 행복했던 시간을 아빠는 평생 잊지 못할 거야.

은주랑 아빠랑 단 둘이서만 지내던 일 기억나니?

은주가 1학년일 때 엄마 없이 아빠하고 단 둘이서만 살았잖아. 그때 아빠가 은주를 오토바이에 태워서 학교에 데려다 주고 점심 때 또 태워왔지. 작은 가마솥에 밥을 해서 누룽지까지 다 긁어먹던 때 생각나지? 은주는 친구들하고 노는 사이 아빠가 회사일을 마치고 오후에 돌아오면 우리는 또 함께 시간을 보냈지.

아빠가 읽어주는 동화책 참 재미있었지? 그래서 몇 번씩이나 한 번 더 읽어달라고 졸랐잖아. 그래서 다시 동화책을 읽어주다가 갑자기 조용해서 아빠가 돌아보면 은주는 어느새 잠들어 있었지. 그때 잠자고 있는 은주는 꼭 천사 같았어. 천사하고 사는 아빠가 얼마나 행복했을지 생각해봤니?

아빠가 세상에서 제일 사랑하는 은주야!

은주한테 아빠는 어떤 사람일까? 혹시 몇 달 만에 만나 필요한 것을 사주는 사람으로 생각하는 건 아니겠지? 아빠가 사주는 옷이며 신발 같은 건 그냥 선물이 아니란다. 이 세상 무엇 하고도 바꿀 수 없는 은주를 사랑하는 아빠의 마음이란다. 옛날처럼 함께 오손도손 살면서 행복하게 보살펴주고 싶은 마음이 담겨 있다고 생각해주렴.

아빠는 마음만이 아니라 지금 당장이라도 그렇게 되었으면 하고 간절히 바라고 있단다. 그렇지만 은주도 잘 알다시피 아빠는 땀 흘려 일하는 사람이 행복하게 사는 세상을 만드는 일을 하고 있단다. 그 일이 참 어렵고 많이 바쁜 것도 잘 알겠지? 하루 빨리 좋은 세상이 와서 은주하고 늘 함께 지내는 게 아빠의 소망이란다. 은주도 그런 날이 빨리 올 수 있도록 기도하렴.

이 세상에서 은주를 제일 사랑하는 아빠가.

| **이갑용** 전국민주노동조합총연맹 위원장, 1999년 3월 |

서로 닮아가는 부부

하루 일과 시작은 새벽 4시 30분.

괘종시계 종소리와 함께 눈을 비비고 일어나 신문 배달을 시작하며 하루 일과를 시작한다. 지금 4년째 신문을 돌리고 있지만 처음엔 힘도 들었고 창피하기도 해서 동네 사람들과 애들에게 숨겨왔다. 하지만 남편이 도둑질하는 것도 아니고 순수하게 노력해서 생활하는데 창피하게 생각할 필요도 없고, 애들에게도 부모가 노력하는 것을 보여줌으로써 교육에도 도움이 된다고 하면서 애들과 함께 도와준다.

남편을 출근시키고 나서는 라디오 〈여성시대〉를 들으면서 집에서 2원짜리 부업을 하는 기계 앞에 앉아서 커피 한잔을 할 때가 가장 여유 있는 시간인가 싶다. 2원짜리 부업이지만 내 일이 있고 또한 생활에 보탬이 되기에 3년째 이 일을 하고 있다. 일을 하다 보면 조립하는 동네 아줌마들이 2원짜리 부업을 하기 위해 한두 분씩 와서 한참씩 수다를 떨다 보면 어느새 오전이 다 간다.

오후에는 큰딸 지영이가 영세를 받는다고 20분 거리 되는 성당까지 공부를 하러 간다. 추운 날 하루도 빠지지 않고 가는데 기특하다. 지훈이는 누나가 성당에 가고 나면 심심하다고 엄마와 놀자고 하지만 나는 혼자 놀라고 소리를 지른다. 그러면 지훈이는 놀 사람이 없다고 투덜거리지만 과자 하나 사먹으라고 하면 금세 웃는 얼굴로 바뀐다.

어제는 내 생일이었다. 그런데 남편은 생일도 모르고 늦게 들어왔지만, 아이들은 선물을 하고 싶은데 돈이 없다고 심부름시킬 수 있는 쿠폰을 만들어서 선물을 해주었다. 그 쿠폰 내용은 이렇다. '심부름 쿠폰, 신문 돌리는 쿠폰, 엄마 안마 해주는 쿠폰, 지훈이 고추 만지는 쿠폰' 따위가 있다. 요즘은 그 덕분에 편하게 생활하고 있다.

저녁에는 남편이 올 시간에 맞추어 밥을 해놓고 기다리지만 잔업도 하지 않으면서 전화도 없이 술에 취해서 들어오는 시간이 많다. 덕분에 우리 식구들은 식은 밥 먹는 일이 많다. 빨리 좀 들어오라고 하면 조합원들 조직활동 하려면 어쩔 수 없다는 핑계에 짜증도 냈지만 결혼을 하면 남편을 닮아간다

는 말이 있듯이 남편이 하는 조합활동을 이해하고 도와주려
고 노력하면서 살아가고 있다.

| **박순자** 에스제이엠노동조합 조합원 아내, 1999년 4월 |

'조기'는
싫다

"여보, 출근시간이야. 빨리 일어나지 않고 뭘 해!"

피곤에 지쳐 쓰러진 나에게 아내는 잠시도 틈을 주지 않으며 연신 출근을 재촉해댄다. 이런 아내의 목소리에 나는 매일 보기도 싫은 조기 한 토막을 한 술 밥과 함께 꾸역꾸역 입속으로 넣었다. 그리고 소가 도축장에 끌려가는 것처럼 오토바이에 몸을 싣고 일터로 향한다.

물론 자의든 타의든 처자식을 먹여살리고 가정살림을 꾸리기 위해 일을 해야만 하는 우리들이지만 요즘 같아선 회사의 혹독한 노무관리를 견디기가 너무 힘들어 그저 쉬고 싶다는 마음밖에 생기지 않다.

출근 후면 어김없이 조기청소부터 시작되는 일과는 조기체

조와 조기작업으로 이어져 그야말로 '조기(?)'가 판치는 작업장이 되어버렸다. 이것도 모자라 관리 감독자들은 작업물량이 없거나 비가 오는 날은 어김없이 연월차 강요를 앞세워 생산성 올리기에 혈안이 돼있다. 주위의 동료들조차 서로를 불신하며 불만을 토로하려고 하지 않는다.

과거 아픔과 기쁨을 함께 나누던 그 애틋한 동료애는 이제 찾아보기 힘들 지경에 이르렀다. 나는 회사의 신경영 전략에 노동조합 조직력이 처참하게 와해되는 현실을 보며 때때로 자본의 놀랍도록 집요한 노동조합 파괴공작에 몸서리를 치기도 했다.

현대중공업의 많은 조합원 역시 나와 똑같은 생각을 하고 있으리라 본다. 그러나 현실을 외면하려고만 하지 직접 관리 감독자와 부딪혀 부당행위를 척결하려는 생각은 갖지 못하고 있다. 그저 더러운 세상을 원망하고 자신의 팔자를 한탄하며 쓴 소주잔으로 아픔을 달래는 게 고작인 듯하다.

며칠 전 나는 곤히 잠든 아내를 보며 문득 한 장의 편지를 쓰게 되었다. 그것은 보잘것없는 나를 믿고 지금까지 살아준 아내에 대한 고마움의 표시와 함께 썩어빠진 사회와 부실경영을 자초하고도 노동자만을 희생케 하는 회사에 대한 분노를 누군가에게 쏟아내기 위함이었다. 그리고 가장 중요한 것은 아내에게 진심으로 부탁하고 싶은 말이 있었기 때문이다.

사랑하는 아내에게!

모처럼 당신이 먼저 잠든 모습을 보며 이렇게 하염없이 나만의 아픔을 전하려 하오. 우리가 결혼한 지 어언 10년이 지났건만 아직도 당신에겐 말하지 못했던, 아니 말하려 하지 않았던 소중한 하나의 비밀이 있었소.

나는 오늘 촉촉이 내리는 봄비의 싱그러움과 곤히 잠든 당신의 잔잔한 미소를 내 속으로 느끼며 모든 것을 털어버릴까 하오. 오늘의 이 글을 쓰기 위해 이렇게까지 고민해야 했던 내 마음을 당신이 조금이나마 이해해주길 바랄 뿐이오. ……

(중략)

내 마음을 전할 메시지를 나는 아내의 화장대 위에 살며시 올려놓고 나서야 비로소 눈을 붙일 수 있었다.

그날 저녁 나는 "이제야 그것(?)으로부터 해방될 수 있겠다"는 충만감에 오토바이의 엑셀레이터를 조금은 힘껏 당기며 집으로 향했다. 그러나 내 이런 기대만큼이나 큰 '조기'가 밥상 위에 덩그러니 놓여있지 않은가?

조기체조와 조기청소, 조기잡업에 너무나 시달려 '조기' 노이로제에 걸린 나에게 고향이 서산인 아내의 천정에서 매달 보내오는 조기를 먹는 것은 너무나 큰 고통이요 고역이었다. 그리고 생선을 입에 대지 않는 것도 큰 이유 중의 하나였다.

하지만 "하늘 높이 치솟은 고물가 시대에 고기 걱정 안 하는 게 어디냐?"며 억척을 부리는 아내의 정성을 생각해서라도 나는 눈물을 머금고 조기매운탕과 조기구이가 매일 단골 메뉴로 등장하는 고난의 저녁상을 받아들여야 했다.

나는 아내에게 "화장대 위의 편지도 못 봤냐?" "지금껏 회사의 '조기' 정책에 시달리다 집에서만큼은 조기 구경을 하고 싶지 않다는 내용을 보고도 이러냐?"며 질타의 목소리를 높일 수밖에 없었다.

그런데 아뿔싸!!

조기 냄새로 가득한 방안을 기어다니는 바퀴벌레를 아내가 당황한 김에 화장대 위의 그 종이로 잡아죽였다나!

"허허허, 그런 줄도 모르고……."

너털웃음을 짓는 나에게 아내는 멋쩍은 듯 살며시 귓속말을 한다.

"여보! 내일부터 색다른 요릴 준비할게. 너무 화내지 말아요, 응."

나는 이런 아내의 손을 잡으며 말했다.

"무슨 요릴 할 건데?"

"응, 저 그게 조기로 만든 찜인데 말이야……, 맛이 무지하게……."

그때 마침 초등학교 다니는 딸아이가 방에서 뛰어나오며

하는 소리는 우리 부부의 말문을 막아버렸다.

"아빠! 학교에서 현충일에는 왜 태극기를 달지 말고 조기를 달라고 그러시지? 선생님께서 우리 집에 조기가 많은 걸 아시나 봐!"

| **김영규** 현대중공업노동조합 조합원, 1999년 7월 |

내
딸아

솜털 보송보송한

그저 귀여운 철부지 줄만 알았던

내 딸아

어느새 불쑥 자라

나를 당혹케 하는구나

어느 날

학교에서 미싱자수 배운다고

실습비 달라는 널 보고

이 애빈 얼마나 놀랐는지 모른단다

늘 어린 줄만 알았던 네가

아, 나도 모르는 사이

노동자 되는 연습을 하고 있었구나

알 수 없구나

왜 갑자기

평화시장이 떠오르고
청년 전태일이 떠오르고
박노해의 '시다의 꿈'이 떠오르고
눈시울이 뜨거워지는지…

그래, 어쩔 수 없는
기왕에 노동자 될 운명이라면
자본 앞에
당당한 노동자가 되어라
평생을 뺏기며 살아온
애비처럼 못난 노동잔 되지 말거라
귀여운 내 딸아
네가 더 자라 노동자인 시대는
사람 사는 세상이길 꿈속에서도 빌겠다
사랑하는 내 딸아

| **안윤길** 현대중공업 노동자, 1999년 10월 |

우리 엄마가 파업을 하는 이유

월급제에 거는
기대

 요즘 현장에서는 월급제에 대한 관심이 눈에 띄게 달라졌다. 평소 조합에 그리 많은 관심을 갖지 않던 사람들도 어쩌다 월급제 얘기가 화제에 뜨면 빠지지 않고 한마디씩 거들곤 한다.

 사실 갈수록 삭막해지는 현장에서 조합에 관한 얘기를 하면 누구누구의 귀에 들어가네 어쩌네 하면서 서로의 속마음을 닫아버린 조합원들이 늘어가는데, 월급제만은 그러한 눈치에도 아랑곳하지 않는 공동의 관심사인 것만은 틀림없는 것 같다.

 얼마 전의 일이다. 초겨울 추위 한 모퉁이에 비춰진 오후 햇살에 옹기종기 모여앉은 휴식시간에 월급제 얘기가 나왔다. 그 중 월급제에 상당히 기대를 걸고 있는 듯이 보이는 형님께 넌지시 물어보았다.

"형님 월급제 되면 좋아지는 것이 많겠지요?"

아들 둘에 딸 하나 3남매를 두었고 나이보다 겉은 훨씬 늙어보이는 그 형님 대답이 "나같이 별 볼일 없는 놈이 무슨 새삼스런 희망이 있겠냐만 그저 우리 자식놈들 공부라도 서운허지 않게 시켜봐야 헐 것인디 맨날 잔업에 특근까지 해도 살기는 팍팍헌께 월급제 되면 잔업도 안 허고 돈이라도 좀 더 받게 될까 그러제 뭐 특별히 달라지는 것이 있겠어."

전라도가 고향인 그 형님은 사투리를 간간이 섞어가며 이야기했다. 그런데 바로 앞에서 평소 제법 조합활동에 열심인 젊은 친구가 공박을 주고 나섰다. 둘은 평소에도 고향 선후배로 가까운 사이였다.

"아따 형님은 기껏 생각한다는 것이 고거요? 이 월급제가 돈 몇 푼 더 받을라고 허자는 것인 줄 아요?"

나이 든 형님도 지지 않았다.

"야 임마 너나 나나 다 묵고 살자고 허는 주제에 돈 말고 또 뭐시 그리 중허던 말여 임마."

형님의 공박에 젊은 친구는 특유의 사투리를 강조하면서 말을 이어갔다.

"아따 성님 눈 좀 크게 뜨고 시상을 둘러보씨요. 이놈의 회사 평생 다녀봐야 몸만 축나고 막말로 출세길이 막혀 있으니 답답허덜 안 허요? 말은 그럴 듯함서도 현장에서 째빠지게 고생하는 사람만 빙신되는 세상이다 보니 조꿈이라도 눈치 빠른 놈들은 즈그덜 편헌디로 다 찾아들어가 우짜든지 노가다 소리 안 듣고 살라는 것이고, 고런 눈치도 없는 우리 같은 놈들은 넘보다 10분이라도 빨리 나와서 빗찌락(빗자루) 잡는 시늉이라도 해야 그작저작 안 찍히고 살제. 우리 고참 행세 헐직에 기사 하이바 쓰고 갓 입사해서 인사 꾸뻑꾸뻑하던 놈들이 벌써 과장됐다고 우리들 대하는 것이 꼭 옛날 머슴 부리는 양반 놈들 행세 안 같으요? 그라고 요새 젊은 놈들 하나둘씩 사표 쓰고 나가는 것 보면 뭐가 좀 심상찮다는 생각이 안 드요? 가들이 뭐땀시 10년씩이나 정들어 고향이나 마찬가지인 거제도를 훌쩍 떠나불 것이오. 형님은 멀쩡헌 눈 뜨고도 고런 것이 안 보이요?"

한창 들떠 이야기하던 젊은 친구는 눈을 크게 뜨며 곧 대들 기세로 물었다. 주위 사람들도 두 사람 이야기가 재미있다는 듯 지켜보고 있었다. 이야기 내용도 그러려니와 일부 섞어쓰는 전라도 사투리가 재미난 모양이었다. 늙은 노동자도 역시 눈을 크게 뜨고 따져물었다.

"음마 요자석이 그러다가 맞묵겠네. 그려 임마 니 말이 구구 절절이 옳은 말인디 대체 고것이 월급제하고 뭔 상관이 있단 말여?"

젊은 친구가 답답하다는 듯이 가슴을 치며 마치 타이르듯이 목소리를 낮추고 말을 이어갔다.

"아따 우리 성님이 그리 답답한지 이태까지 몰랐구마! 아 고런 문제가 지금 우리들 앞에 현실이고 고런 문제 때문에 현장에서 고생하는 사람들이 희망을 갖지 못하고 하나 둘 빠져나가는 것 아니요. 그렁께 우리도 고생헌 만큼 대접받고 살 수 있는 세상을 이번 월급제를 계기로 만들어야 한다 그 말이요."

"아따 짜석 유식해져 부렀네이."

젊은 친구의 의지가 담긴 듯한 또렷한 얘기에 기가 꺾인 늙은 노동자는 풀이 죽었다.

"근디 고것이 우리 생각걸이 되겄냐? 전부다 눈치덜만 보고 있는 것이 꼭 작년 꼬라지 될까 무섭다."

폭삭 쪼그라진 얼굴모냥 수그려 들어가는 목소리로 얘기하는 늙은 노동자의 모습이 안쓰러운지 젊은 친구는 측은한 듯 바라보면서, 그러나 단호하게 한마디했다.

"남들 핑계대지 말고 형님부터 야물딱지게 맘묵고 나스먼 될 것 아니요."

"그려 나도 속맘이야 느그들허고 같제. 헌디 당장 묵고 살기가 급헝께 그러제."

    푸념조의 한숨 섞인 얘기와 함께 작업 시작 소리가 들리면서 두 사람의 얘기는 거기서 끝을 맺었다. 벌써 여기저기서는 월급제에 대한 희망을 외치는 듯한 망치 소리가 큰소리로 울려댔다.

| **현시한** 대우조선 조립3부, 조사통계 전문위원, 1995년 5월 |

팔천
사백 번

아침 8시 20분

따르릉 작업 시작하라는 벨소리에

기름칠 할 여유, 하품할 시간도 없이

똑딱 똑딱

오늘은 몇 개나 투입해야 하나?

열두알 다이알을 들고 끼우고 들고 끼우고

하루 동안 움직이는 아픔, 팔천 사백 번

십몇만 원짜리 고급 전화기를 칠백 대나 만들면서도

8시간 중노동에 이고 오는 건

팔천 사백 번의 고통뿐이다

따르릉 작업 중지 벨소리!

하지만 팔천 사백 번을 채우지 못한 나는

연근하라는 주임사자 호령에 작업복 단추를 다시 채운다

| 맥슨전자노동조합 조합원, 1995년 6월 |

현장
이모저모

- 요즘 들어 위원장님 흰머리가 부쩍 늘기 시작. 얼마 전 위장병으로 고생도 하셨다는데 흰머리 뽑기 전담반을 만들어 젊음을 되찾아줌이 어떨지. 아! 싫어. 그러다 대머리 되면 어떡해.

- 야유회 때 장기자랑 상품이 거창하다는 소문이 자자했으나 막상 받고 보니 플라스틱 반찬통. 어떤 노총각 한 분 열내며 하시는 말씀. "시방 누구 놀리는 겨. 노총각이 김치 담가 먹을 일 있어?"

- 노래를 찾는 사람들. 인기가 무지무지 대단. 석왕사에서 있었던 공연에 떼거리로 몰려갔는데 죽여주는 노래마디에 '뿅' 갔다고. 7월 7일에 있는 시민회관 공연티켓 50장

이 벌써 바닥났으니 구질구질한 대중가요, 팝송만 듣다가 우리 정서에 맞는 노래를 드디어 되찾은 것 같아~용.

- 공공연히 고스톱판이 벌어지고 있다는 소식이 들리는데……. 막간을 이용한 놀이로서야 괜찮겠지만 액수를 불문하고 '돈 놓고 돈 먹기' 식의 '놀음'이 되어서는 정말 곤란하지 않을까요?

- 혼합가공과의 윷놀이 대회. 6월 12~13일 이틀간에 걸쳐 혼합가공과 현장에서는 점심시간을 이용, 윷놀이 대회가 열렸다. 통합한 지 얼마 되지 않았고 건물이 떨어져 있어 좀처럼 한자리를 마련할 수 없었는데 윷놀이 대회를 통해 동료애와 서로를 이해할 수 있는 계기를 마련했다고. 특히 정경선, 이길련 두 여성 조합원이 막강전력의 남성팀 등을 차례로 격파, 결승까지 진출했으나 아깝게도 결승전에서 김해수, 변경근 팀에게 패해 준결승에 머물렀지만 하여튼 '꾼'들인 모양.

- 구속된 이수찬 동지를 위해 조합원들이 정성껏 모금. 많은 액수는 아니지만 주위 동료의 어려움을 모두의 아픔으로 생각하는 우리의 뜻을 전했습니다. "사무장 동지 힘내기요."

동네방네

- 우리 싸장님 자가용이 '로얄쌀롱'에서 더더더 쌈박한 '그랜저'로 바뀌었대요. 우리의 생활도 더 쌈박하게 바뀌주실 테구요. 우와 신난다.

- 휄트부서(2과)가 지난 11월 25일 아산으로 내려갔습니다. "죽어도 노조만은 안 된다"는 황 이사, 아니 지금은 황 사장님의 엄격한 계시가 내려졌대나 어쨌대나. 닭모가지를 비틀어도 새벽은 안 오나요, 글쎄!!

- 낮소문화대잔치 행사 직후 도서판매를 했거든요. 100권 이상의 책들이 팔렸대요. 이 수익금은 감옥에 갇힌 우리 동지들을 위해서 쓰인대요. 그때 마침 그 옆에서 카메라 할부판매를 했는데 어떤 여성 한 분이 40~50만 원을 호가하는 고급기종의 카메라를 사시는데 몇천 원짜리 책 한 권은 거들떠보지도 않는 것이 비교가 되어 착잡하더군요. 그 돈으로 좀 저렴한 카메라를 사고 나머지는 책을 사서 읽는다면 훨씬 유익하지 않을까 하는 어리석은 생각이 들더군요.

- 며칠 전 폐품을 가지러온 고물장수가 몇만 원어치밖에 안 되는 폐지를 싣고 가다 그만 스팀 파이프를 망가뜨린 사건이 발생했어요. 20여만 원을 회사 측에 물어줬다는 데 에구, 불쌍해라. 워찌 밑지는 장사를 하쇼.

- 이주한 씨가 3월 31일 출소할 예정이랍니다. 선봉에서 투쟁하다 옥에 갇힌 동지를 따스하게 맞아줍시다.

- 조합에 직통전화를 놓았습니다(시내). 급할 땐 거리낌 없이 사용하세요.

- 방병걸, 김인자 씨가 드디어 2월 11일에 정식 부부가 되셨습니다. 신부는 퇴사를 하셨구요. 진심으로 축하를 드려야겠지요.

- 부위원장 방병근 동지가 부위원장 직을 사임하신답니다. 그동안 이모저모 애 많이 쓰셨는데 그저 잘 먹고 잘 살라는 소리밖에……

- 문화부장 김명근 씨가 사임하시고 김주태 씨가 직책을 맡으셨습니다. "앞으로 당구장 간판도 쳐다보지 않겠다"는 유명한 격언을 남기셨으니…… 믿어줄까요, 말까요.

- 지난 번 전노협 보고대회를 4층 강당에서 가졌죠. 텔레비전에 낯작빼기가 나온다니께 세수를 하고 올라온 조합원도 있었대나 어쨌대나. 여하튼 낫소 노동자의 우렁찬 노래와 구호가 거시기의 간을 콩탕콩탕하게 만들었을 것이오.

| 낫소노동조합 노보, 1995년 11월 |

우리들의
손가락은..

"엄마야!"
비명 소리와 함께 주위가 숨을 멈추었다.
순자가 또 손을 찔렸다.
손에 박힌 미싱 바늘을 빼려고 몸부림친다.
마치 정의의 기사인 양
미싱 기사가 뺀찌를 들고 나타난다.
수술은 잠깐 동안에 해치웠다.

순자의 눈에는 눈물 뚝뚝, 손에는 피가 뚝뚝.

반장이 숙련된 솜씨로 치료를 시작한다.
미싱 기름으로 소독하고 반창고로 감아둔다.
마이신과 진통제가 순자의 손에 들려진다.
미싱 바늘에 세 번 이상 찔려야 A급이 된다며
'위로'의 말도 빼놓지 않는다.

미싱 바늘을 내려다보니 등골이 오싹한다.

한두 번 찔려본 것도 아닌데…

두 눈을 한번 찔끔 감고 다시 일을 시작한다.

순자도 일을 시작한다.

기계 앞에 제물로 바쳐진 우리들의 손가락은…

| **김미경** 미싱사, 1995년 11월 |

시작 종과 마치는 종의
차이를 알고 계십니까?

　점심시간을 알리는 종과 작업을 마치는 종은 소리를 들으려야 듣기 힘들 정도로 작다. 상대적으로 작업 시작 종소리는 어떠한가? 3분 전에 울리는 예비 종소리도 아주 뚜렷하게 울린다. 단 1분이라도 일을 더 시키려는 것이 사용자 입장이라고는 하지만 모든 일에는 공평해야 하지 않을까? 점심시간을 알리는 종은 울리는지 마는지 12시가 넘어서도 기계를 계속 돌려야 하고 관리자는 "종도 안 쳤는데 밥 먹으러 간다"며 호통치기가 일쑤다. 스피커가 고장이라면 시작을 알리는 종소리도 작게 울려야 하지 않을까? 시작 종소리는 너무도 크고 선명하게 울리면서 마치는 종소리는 들리지도 않는 것을 어떻게 이해해야 할까요.

종소리 하나 울리는 것도 속보이게 정말 이래야 됩니까? 종을 울리지 않으려면 애초부터 각자 시계에 맞추어 휴식시간을 실시하든지. 당당하게 일하고도 밥 먹으러 가는 시간, 마치는 시간을 맞추려면 관리자한테 이 눈치 저 눈치 살펴야 하는 조합원의 고통을 아십니까요? 열심히 일하고 돌아가는 발걸음이 가볍도록 마치는 종소리 역시 우렁차게 울려주십시오. 마치는 예비종도 울려주신다면 금상첨화겠지요!

| 태양유전 편집부, 1995년 11월 |

어느 노동자의 훈장

때르릉…….

종소리와 함께 전체 라인 모임이 7라인에서 있었다. 오늘은 나우에서 10년 동안 일하신 박성희 아줌마께서 정년퇴직하시는 날이다. 모두들 멈춰선 컨베이어벨트 위에 앉거나 전화기 박스 위에 걸터앉아 옹기종기 한 사람에게 집중하여 모였다.

사무장님의 사회로 우리 노조에서는 처음 맞이하는 정년퇴임식은 시작되었다. 위원장님의 축사와 꽃다발 증정에 이어 조합에서 마련한 은수저 한 세트를 선물로 받으신 아줌마는 눈물을 흘리시며 마이크를 건네받았다.

"고맙습니다, 조합원 여러분. 저에게 이렇게 멋진 퇴임식을 준비해준 조합과 여러분 모두에게 감사드립니다. 10년 동안 뼈 빠지게 일했지만 저…… 부자가 되지는 못했습니다. 그렇지만 돈 많은 부자보다 지금 저는 더 행복합니다. 노조를 알고 노동자임을 깨달은 저는 더 큰 부자입니다. 제가 배운 것, 여러분의 사랑…… 잊지 않겠습니다. 흐흑…… 고맙…습니다…….”

아줌마는 끝내 울음을 터뜨리시며 꾸벅꾸벅 고맙습니다만 되풀이하셨다. 등 뒤에서 훌쩍거리는 소리가 여기저기 들렸다. 내년에 정년퇴직을 앞둔 박 아줌마가 우셨다. 어깨가 계속 결리신다며 쉰다섯 살까지 병신 안 되고 다닐 수나 있을는지 모르겠다던 김 아줌마도 눈물을 닦으셨다. 나도 눈시울이 뜨거워 눈을 움직일 수 없었다.

이어 마지막으로 ‘늙은 노동자의 노래’를 불러드리자는 사회자의 제안에 따라 조합원 한 사람 한 사람 손을 꼭 잡고서는 ‘늙은 노동자의 노래’를 함께 불렀다.

“나 태어난 이 강산에 노동자 되어 꽃피고 눈내리기 어언 삼십년 무엇을 하였느냐 무엇을 바라느냐 나 죽어 이 강산에 묻히면 그만이지 아…… 다시 못 올 흘러간 내 청춘 작업복에 실려간 꽃다운 이 내 청춘…….”

아…… 저 아줌마들의 주름살, 굳어진 손마디, 가슴 저미게 부르는 저 노랫소리. 저것이 10년 노동의 훈장이 아닌가. 저

훈장이야말로 가진 자들이 느끼지 못하는 가장 값진 노동의 훈장이 아닌가.

나는 이제 7년째 나우에서 전화기를 만들고 있다. 나의 정년퇴임식은 어떨까? 나도 저 은수저를 들고 노년의 밥상 앞에 자랑스럽게 앉을 수 있을까? 내 자식들 앞에 당당히 얘기할 수 있을까? 엄마도 노동자란다, 엄마도 가장 아름답고 값진 노동의 훈장을 갖고 있단다라고.

| **제둘녀** 나우정밀노동조합, 1996년 2월 |

월급 받으러
가는 날

새벽녘, 천둥번개 소리에 선잠을 잔 탓인지 그날 출근길은 부산하기만 했다. 돈을 받을 수 있다는 생각에 설렜지만 마음 한구석엔 이번에도 또 못 받으면 어쩌나 하는 의구심을 애써 떨치고 현장에 도착하여 출근부를 찍으니 벌써 한두 대의 미싱 소리가 들려왔다. 겉으론 좀체 내색을 않는 형진이 엄마, 지나치리만치 계산에 밝으면서도 나눠쓸 줄 아는 미스 문, 그리고 하늘처럼 우러러 뵈는 빠른 손의 영애. 점심을 먹고 비가 오는 창고 옆에서 우리는 근심 반 기대 반이었다. 지하실 현장은 밖의 굵은 빗발에도 아랑곳하지 않는 작업 열기로 우린 숨 돌릴 틈조차 없었다.

여느 때처럼 나는 솜먼지, 재단용 전기칼에 튀는 불먼지,

모터를 달고 달리는 수십 대의 미싱 소리, 지하실 쑥탕 증기실 온도 속에서 오후 내내 미스 문은 말이 없었다. 세 살 난 딸애를 할머니한테 맡기고 토요일 저녁에야 딸과 상봉하는 미스 문. 월세 10만 원에 두 집 생활비에 아마도 그이는 오늘 받을 돈을 셈하고, 또 셈하고, 즉시 나갈 돈에서 얼마나 남을는지 곱씹고 있겠지.

7시 10분 작업 종료 벨이 울리자 우리는 실밥도 털지 않은 채 밖으로 나갔다. 청천동 가는 103번 좌석버스. 비 탓인지 퇴근 무렵이어선지 차는 가다가 멈추고 또 멈추고, 미스 리는 계속 시계를 보고, 허겁지겁 청천동에 도착했을 때는 8시 5분 전이었다.

4층에 불이 켜져 있는 걸 확인하고 우리는 뛰다시피 계단을 올랐다. 임신 6개월로 접어드는 영애만 숨을 헐떡거리며 뒤처졌다.

현장 사무실에 빠끔히 들어섰을 때, 우리 예상과는 달리 총무, 사장, 관리자 몇이서 술판을 벌여놓고 반갑게 우릴 맞았다. 감추는 손을 기어코 빼내 악수까지 청하며 너스레를 떨었던 것이다.

세 번이나 눈치를 보며 지금 다니는 회사에서 빠져나오기가 지겨워서 우리는 연극을 했다. 노동부 근로감독관을 사칭하여 임금체불 건 잘 해결하라고 전화로 압력을 넣었던 것이다. 사장과 무역부 부장인가 하는 이들은 결국 돈을 줄 수밖에 없다고 판단했겠지만, 골탕이나 실컷 먹이자고 작정을 했던 모양이다. 아니나 다를까 웃으면서 억지로 소주 몇 잔 권하더니 본색이 드러나는 것이었다.

"그래, 니들이 노동부에 고발한 년들이냐? 아무리 밑바닥 인생이라지만, 그렇게 해서 얼마나 잘되나 두고 보자."

한마디 대꾸할 틈도 주지 않은 채 온갖 욕설과 악담을 우리는 고스란히 들어야 했고, 마침내 참다못해 내 입에서도 욕이 튀어나왔다.

"그래, 밑바닥 인생, 말 잘했어. 그래 우리 같은 밑바닥 인생 돈 떼먹고 당신들 윗바닥 인생 되셨구만……. 우리가 당신들한테 일 안 한 돈 내놓으라고 협박을 했어? 아니면 돈 좀 달라고 동냥하는 거지야? 우리가 일한 돈 달라는데 밑바닥 인생이 왜 나와. 밑바닥 인생이라고 자존심도 없는 줄 알아."

몇 마디 하다 바보처럼 울컥 눈물이 나오고 말았다.

한 시간도 훨씬 지나 우리는 길가에 섰다. 우리 넷의 손엔 돈이 쥐어져 있었다. 수표 3장! 우린 쓴 커피 한잔 함께 할 마음의 여유도 기운도 없는 상태로 헤어졌다.

우린 살기 위해 미싱을 밟고, 우리의 손을 통해 수없이 많은 옷이 만들어진다. 그래 누가 노동이 신성하다고, 거친 손이 아름답다고 했던가? 아니, 또 어느 윗바닥 인사가 말했던가? 거친 손을 찬미하는 것은 부유한 흰 손을 질투하는 노동자의 열등감을 숨기기 위한 것이라고.

"언니, 우리가 거지야? 일하고 일한 돈 달래는데, 그게 뭐가 잘못됐다는 거야?"

"우린 떳떳이 일하고, 떳떳이 달라 하고, 그게 왜 안 되지? 그게 왜 안 되냔 말이야."

미스 문, 그이의 마지막 말이 오늘밤도 귓전을 맴돌고 자꾸만 가슴을 파고든다.

| **김해자** 인천노동자문학회 '글터', 1996년 3월 |

절이 싫으면 떠나랍니다

떠나야지요. 감히 누구 말씀인데……. 그런데 말입니다. 떠날 때 떠나더라도 이번만은 할 말을 해야겠습니다. 옛말에 이런 얘기가 있습니다. 마당은 삐뚤어졌어도 장구는 바로 치라고. 고상하신 사장님, 들어보셨습니까?

며칠 전 토요일 오후에 있었던 일입니다.

제가 일하는 사업장은 인쇄소가 다닥다닥 밀집되어 있는 인현동 시장 근처에 있는 작은 사업장입니다. 옵셋 인쇄기 한 대와 명함기계 한 대가 생산시설의 전부이고 일하는 사람은 4명이 전부입니다. 제가 13개월 가까이 이 회사에 있으면서 그리고 인쇄 일을 시작한 이후에 이런 엄청난 대화는 처음입니다.

사연인즉, 이러합니다.

저와 함께 일하시는 형님이 토요일 오후에 큰집 아들 결혼식이 있어 며칠 전에 사장님에게 양해를 구했는데, 사장님 대답은 "노력해보자. 토요일 상황 봐서 되는 방향으로 하자." 이랬습니다.

되겠지 하는 소박한 바람으로 준비를 하고 출근한 그 형님은 시간이 오래가지 않아 소박한 바람이 혼자만의 믿음이었음을 뼈저리게 실감해야 했습니다. 2시 예식에 인천 주안까지 거리를 의식, 11시쯤 사장님에게 얘기를 했습니다. 그러나 대답은 뜻밖에 단호했습니다. 일이 많이 밀렸다, 일요일 특근 안 시키는 것을 그나마 다행인 줄 알아라 하는 것입니다.

순간, 형님은 얼굴이 벌겋게 상기된 채 허탈한 표정으로 서 있는 것입니다. 한마디로 어이가 없어하는 모습이었습니다. 함께 일하면서 그렇게 흥분한 모습은 처음이라 저 또한 당황해야 했습니다.

"아니, 사장님 무슨 말씀이십니까? 미리 말씀도 드렸고 부탁도 드렸잖아요."

"자네, 지금 따지는 거야?"

얼굴이 화끈 달아오른 사장님의 목소리에 잔뜩 짜증과 힘이 배어 있었습니다.

"경우가 아니잖습니까? 다른 일도 아니고 집안 경조사고,

고향 부모님이 못 오시는 관계로 장남인 저라도 가보는 게 도리 아닙니까. 말이 나온 김에 해야겠습니다. 4년 가까이 일했지만 휴일을 제대로 쉽니까, 아니면 근로시간이 지켜지길 하나, 수당이 제대로 나오길 하나, 허구한 날 야근 철야에 토요일에도 밤일을 하지 않나, 온전하게 제대로 된 게 없잖습니까?"

거침이 없었습니다. 마치 그간 쌓였던 울분을 모두 토해내기라도 하듯이 일사천리로 많은 이야기가 순간적으로 쏟아져 나온 것입니다. 이에 질세라 사장님 또한 만만치 않았습니다. 격앙된 목소리가 채 10평도 안 되는 공장 안을 온통 헤집고 있었습니다.

"말이면 다야? 인현동에서 어떤 미친놈이 법대로 지키고 사업을 해. 업주들도 힘들어서 다들 정리하는 판인데 세상물정 알고 하는 소리야. 듣자듣자 하니까…… 어젯밤 꿈자리가 뒤숭숭하더니 별 재수 없는 꼴 다 당하네."

"말씀 다하셨습니까?"

"그래 다했다 어떡할래?"

잠시 침묵인가 싶더니 다시 형님 말이 이어졌습니다.

"이러지 마십시오. 시키면 시키는 대로 주면 주는 대로 일만 하니까 아무것도 모르고 배알도 없는 줄 아십니까? 좋은 게 좋은 거라고 얼굴 안 붉히고 협조하려고 지금껏 일했는데 달리 생각해야겠습니다."

"그래, 말 잘했다. 절이 싫으면 중이 떠나는 거야."

"떠나야지요. 감히 누구의 말씀인데……. 하지만 할 말은
하고 찾을 것은 찾아야겠습니다."

시장통 유창집은 주변 인쇄소 사람들로 북적대고 있었습니
다. 막걸리와 잉크 냄새가 비좁은 유창집에 가득했습니다.
형님은 아직도 분이 가시지 않았는지 술을 따르기가 무섭게
잔을 비우는 것이었습니다.

옵셋 일을 12년 가까이 했다는 형은 눈가에 눈물이 맺힌
채, "이대로 포기하지 않아. 더러운 놈의 인쇄골목, 10년 이
상을 일했는데도 도대체 변해야 말이지. 최소한 노동법이라
도 지켜져야지. 이건 먹고살자고 하는 짓인데. 월요일에 노
조 가서 상담이라도 한번 하자. 뭔가 돌파구를 찾아야지."

유창집을 나와 버스 정류장을 향하는데 겨울을 재촉하는
비가 내리고 있었습니다. 심란한 마음을 아는 건가. 황량한
토요일 오후 많은 것을 생각게 한 하루가 그렇게 저물어가고
있었습니다.

| **정중석** 인쇄노동자, 1996년 3월 |

선상님들
내 야그 좀 들어보소

뭔 사정이 있길래 그렇게 땅이 꺼져라 허고 한숨이냐구요? 어이구 내가 억장이 터져 참말로 말도 안 나오요. 다— 목구멍이 포도청이라고 말허먼 뭐라고 할 야그 업지라우. 내가 글씨 군대시절에도 당번병 알기를 "아이구 아무리 군대지만 사내새끼가 할 짓이 없어 허구헌날 상관 밑이나 닦아주고 있냐"고 한참 아래로 시피보고 살았는디 아이구 시방 내 팔자가 고 당번병보다도 못헌 꼬락서니가 되야뿌릴 줄 누가 알았겠소.

참말로 마누라 알고 자식새끼 알까 봐 내가 말이 안 나오요. 시방 내가 이런 야그하면 "야 이놈아 지금 때가 어느 땐데 19세기 때 야그하고 있는 거냐"고 귓방맹이 한 대 갈겨부

러도 내가 헐말이 없소. 그런디 내 야그가 다 실지상황이니 내가 속이 안 터지겠소. 속도 모르는 우리 엄마 아부지는 자식새끼 연구소 다닌다고 이 동네 저 동네 댕기면서 자랑하고 다니는디…….

아이구 아부지, 엄마, 나 시방 아부지 얼굴을 무슨 낯으로 본다요……. 내 신세가 요모양 요꼴이 될 줄을 누가 알았겠소. 내 헐일이 연구개발인지 연구나발인지…….

그러믄 도대체 그 야그가 뭔데 그렇게 땅이 꺼져라 하구 한숨이냐고라우? 선상님들 이 내 야그 좀 들어보소.

아, 글씨, 모든 사람의 꿈과 희망이 담겨 있는 연구소를 마치 즈그집 구멍가게 주무르듯이 주무르는 사람이 있었지라우. 그 사람이 허고 다닌 짓이 뭔지 한번 들어볼랍니껴.

그래도 주제에 박사는 되고 싶었는지 허락도 없이 학교를 댕기면서 말이여. 지가 댕길 학교에 입학원서 접수부터 시작해서 심지어는 학교 숙제까지도 날 시켜먹으니 그 학교가 국민학교여 중학교여. 그렇게 해가꼬 박사 따면 그게 박사다요. 아이구 박사 쪽팔린다 쪽팔려…….

지 몸 바쁘면 남의 몸도 바쁜지 알아야지 지가 구찮다고 세차 심부름을 시키질 않나, 지 차 고쳐오라고 그러질 않나, 그래도 은행 심부름은 양반이여. 지 가족 귀한 줄은 알아가지고 가족 수영장 가는데 모셔주고 오라 그러질 않나, 지 새끼 병원에 데려다주고 오라 그러질 않나. 아이구 그래도 그런 것 정도는 다 참아부럿써라우.

아 그런디 요거시 흔다 흔다 혀도 참말로 너무 흔다 이거여. 지 심사에 뒤틀렸다흐면 툭하믄 사표 쓰라고 그러제, 그것도 모자라서 이제는 주먹질까지 해대니. 이게 워찌 연구원이란 말이여. 아이구 개팔자도 이것보단 나을 것이여. 지 가족 귀하면 남의 가족 귀한 줄도 알아야지. 남편이 직장에서 터지고 들어오면 좋아흘 마누라가 누가 있겄어. 거기다가 터진 놈은 가만히 있는데 터진 것 일렀다고 때린 놈이 명예훼손 운운하니 시상에 그런 법도 있어.

그래도 허구헌날 우리 소장님의 노래는 "아직도 그대는 내 사랑"이여. 요새 좋은 노래 참 만이 나왔드만. "내 사랑 세계화" "인생은 삶의 질" 등등. 판관 포청천은 뭐하고 있는 거시여. 이럴 때 짠하고 나타나서 우리 속이 션하게 확 명판결을 내려주면 얼마나 조컷서.

나랏님은 귀는 뒀다 무엇에 쓰고 눈은 뒀다 국 끓여 먹었는지 불쌍한 연구원 신세 알기를 니 팔자 소관이라 하니 하도 억장이 막혀 이젠 독만 남아 악다구니가 되어뿌럿끄만이라우. 시방 내 심정이야 참말로 혹 지나다 미친개라도 있어 확 물려뿌리고 시픈 심정이여.

아부지, 엄마, 마누라 미안흐요. 내 팔자가 요모양 요꼴잉께……. 허지만 걱정마쇼. 아무려면 내가 마누라, 새끼 피켓 들고 거리로 나가게야 하겠소. 혹 귀 밝고 입술 도타운 나랏님 있어 쨍하고 해뜰날 올란지 누가 아요. 그 사람이 못하면 우리라도 해야지라우…….

팔자도 기구한 연구개발정보센터 조합원들.

| 한국표준과학연구원노동조합 조합원, 1996년 3월 |

우리보고
나쁜 놈들이래!

우리보고 나쁜 놈들이래.
배고파 밥 달라고 하는 우리들한테
회사를 말아먹을 나쁜 놈들이래.
우리가 일해놓으면
알맹이는 깡그리 챙겨가고
우리에게는 빈껍데기만 남겨주면서
주는 대로 받고 고분고분 일하지 않는다고
우리보고 나쁜 놈들이래.

언제는 한가족 한가족 하면서
일만 곱빼기로 부려먹고
최소한의 생계비라도 보장해달라면
우리들은 모두 나쁜 놈이래.
회사 망쳐놓을 빨갱이 세력들이래.

텔레비전에서도 신문에서도
우리들은 모두 나쁜 놈들이래.
뼈 빠지게 일해서 우리들은 먹지 말고
저들에게 갈퀴로 걷어가는 이익을 주는
충실한 종이 아니라고
우리들은 모두 나쁜 놈들이래.
우리들은 모두 나쁜 놈들이래.

개자석들…

| 대우기전노동조합 조합원, 1996년 3월 |

우리
누나

우리 누나는 죽었다. 핏기 없는 얼굴로 외투 하나 걸치고, 선물 사들고 우리들을 부르던 너무나 작고 깡마른 우리 누나를 다시는 볼 수 없다.

내가 일곱 살 때였다. 누나는 작은 가방을 하나 메고, 아주 먼 곳으로 떠났다. 하염없이 흐르던 눈물을 옷소매로 닦으며 애써 참으려고 이를 악물며 누나는 내 볼에 입을 맞추어 주었다.

열세 살에 떠나던 누나는 스물세 살이 되었다. 누나는 열심히 살았다. 열심히 돈 벌어서 꼭 함께 살자고, 우리 가족 함께 모여 살자고, 그게 소원이라고 온갖 천대와 멸시와 상처와 아픔이 가슴속 한 곳에서 한이 되어 커져가는 것조차도 모른 채 말이다.

언제였던가. 누나가 이런 말을 했다. 넌 나중에 어른이 되어서 노동자가 되라고, 누나처럼 바보 같은 노동자가 아니라 죽어 사는 노동자가 아니라 살아서 실천하는, 사람답게 사는 노동자가 되라고 말이다. 난 그런 노동자가 되어서 누나 앞에 당당히 서보고 싶었는데, 누나의 한을 풀어주려고 했는데 누나는 없다. 미치도록 공부가 하고 싶어서 작은 기숙사 베란다에서 알파벳을 쓰던 누나는 없다. 누나는 바보였다. 한 번도 먹고 싶은 것, 하고 싶은 것 마음 편하게 해보지 못하고 떠났다.

우리 누나는 미싱사였다. 80년대 그 찬란하게 국가를 발전시킨 많은 노동자들 중에 한 사람이었다. 열세 살 나이로 열다섯 시간씩 일을 했던, 옷을 만들던 누나는 바보였다.

아직도 난 소주병을 보면 누나 얼굴이 제일 먼저 떠오른다. 한 평 남짓한 작은 방에 놓여 있던 소주병들. 술이 없이는 잠을 이루지 못하던 우리 누나. 밤이 되면 한쪽 다리가 저리고 아파서 잠을 제대로 자지 못하던 누나는 없다. 누나가 말하던 똑같이 일해서 똑같이 나누어 가지는 그런 세상에 가 있을까! 열심히 살아가는 사람들이 잘 살 수 있는 그런 세상에 가 있을까.

너희들만은 메이커 옷을 입히고 싶고, 좋은 학용품도 쓰게 해주고 싶다면서 언제나 소포를 보내주던 누나. 이젠 우체부 아저씨 얼굴도 본 지가 오래된 것 같다.

누나! 그 예쁜 얼굴로 시집도 가보지 못하고 그 아름다운 마음씨를 그 올바른 가치관을 나에게 더 가르쳐주지 않고, 바보같이 그렇게 빨리 우리 곁을 떠났을까. 고향 떠나고 한 번도 따뜻한 겨울을 보내지 못했다고 그렇게 춥게 살다가 춥게 가버렸다며 통곡하시는 엄마는 못난 내 탓이라 하시면서 하염없이 눈물을 흘렸다. 누나가 다시 살아 돌아온다면 누나 말도 잘 듣고 공부도 열심히 해서 조금이나마 누나 짐을 덜게 해주고 싶은데, 메이커 신발 사달라고 조르지 않을 텐데 말이다.

누나 무덤에 하아얀 안개꽃을 바친다. 안개꽃 같은 사람이 되고 싶어했던 누나. 안개꽃처럼 어느 꽃과 함께 있어도 잘 어우러지는 그런 사람이 되고 싶다던 우리 누나. 이젠 누나를 영원히 볼 수 없다.

| **박순덕** 미싱사, 1996년 4월 |

요즘 시내버스
어떻습니까?

12년째 시내버스를 운전하고 있는 사람입니다. 스물일곱 살 때 1종 대형 경력 5개월 만에 우이동에 있던 시내버스에 들어가 여기 동해운수에 들어오기까지 참으로 사연이 많아 누구에게라도 털어놓지 않으면 속에서 불이 날 것 같아 써보긴 써보는데 과연 내 심정의 몇 분의 일이라도 표현이 될까 모르겠네요.

처음 시내버스에 입사했을 때가 1987년도였으니 한창 노동자의 의식이 깨어날 때가 아니었나 싶어요. 그러나 그때만 해도 저는 참으로 순박(?)했어요. 전태일이 무언지 노조가 무언지 왜 데모를 하는지도 모르고 그저 "운짱(운전사의 속어)은 일만 열심히 하면 돼." 하고 회사에서 시키는 대로 따블(이틀

연장근로)을 타라고 하면 탔고, 임금은 주는 대로 계산할 꿈도 못 꾸고 무조건 받기만 했고, 하여튼 그렇게 무지막지하게 일만 했습니다.

그러다가 홍제동 구석진 곳에 있는 '주민 독서실'이란 곳을 드나들게 되었고, 그 곳에서 책을 한 권에 500원을 주고 빌려보다가 우연히 《쿠바와 카스트로》라는 책을 보았습니다. 지은이가 '리우스'였다고 기억합니다.

그 책은 내 생애에 엄청난 전환을 가져왔습니다. 청바지와 코카콜라로 대변되는 미국은 우리의 혈맹이고, 원주민인 인디언을 잔인하게 죽이는 서부 활극을 보며 신나게 박수치며 좋아했던 나는 그 책을 보고 "아아! 이건 뭔가 잘못되었구나. 내가 거꾸로 된 세상을 살고 있었구나." 그때 받은 충격은 이루 말할 수 없었습니다. 그리고 그 후 10년 동안 전에 살았던 30년 동안 학교(고등학교 중퇴)와 사회에서 배웠던 것보다도 더 많은 것을 책에서 배웠습니다.

《태백산맥》, 《노동의 새벽》, 《전태일 평전》, 《거꾸로 읽는 세계사》, 《새는 좌우의 날개로 난다》, 《어느 돌멩이의 외침》, 동학혁명의 전봉준과 남미의 혁명가 체게바라까지 버스 운전하며 집에 와서 새벽 3시까지 많은 책들을 보았습니다. 이제라도 알지 못하면 죽을 때까지 이 거꾸로 된 세상을 평생 거꾸로만 보아야 한다는 생각 때문이었습니다.

얘기가 옆으로 흘렀습니다. 사실 이 글을 쓰는 이유는 요즘 버스 운전사의 실태를 누구에게라도 정확히 알리고 싶어서 인데 엉뚱한 얘기가 나왔군요. 하지만 내가 변한 이유를 알지 못하면 버스 운전사들의 실태를 정확하게 알지 못할 것 같아 구구절절이 내 얘기를 썼습니다.

그렇게 변한 나는 시내버스 실태에 관심을 갖게 되었습니다. 왜 이렇게 일하는 게 힘이 들까. 왜 잠을 서너 시간 자며 따블을 타도 생활이 나아지지 않을까. 왜 사고를 내면서 딱지를 떼면서까지 신호위반 또는 과속, 난폭 운전을 할까. 우리 버스 운전사들은 원래 그런 사람들일까. 아니었습니다.

그건 사업주들의 욕심 때문이었습니다. 우리 운전사들은 봉이었습니다. 사업주들은 임금 떼어먹는 도사였고 부려먹는 데 귀신이었습니다. 연장 근로수당 떼어먹고, 기본급을 통상임금이라 우기며 떼어먹고, 따블수당 떼어먹고, 사고 나면 운전사한테 부담시키고, 일 년쯤 될까 말까 하는 운전사 퇴직금 주지 않으려고 트집 잡아 권고사직시키고, 사고 나면 회사에서 물어야 할 벌금까지 운전사보고 내라고 하고, 눈알이 팽팽 돌아갈 정도로 뺑뺑이를 돌리고(운행 횟수가 많이 나오게) 식사시간은 단체협약에 30분을 주고 있지만 어림없어요. 앞차와 간격이 많이 벌어지면 먹지도 못하고 나가는 경우도 숱합니다.(10년 전이나 지금이나 별반 차이 없어요.) 10년 전과 견주어보면 차가 얼마나 많이 늘었습니까? 그때 탕수(운행 횟수)가 지금까지도 그대로 내려오고 있는 곳도 있어요. 줄어봤자 한 탕이나 줄었을까.

노조는 무얼 하느냐고요? 이승만이 만들어놓은 관변 단체인 저 위의 대한노총에 뿌리를 둔 한국노총, 그 밑에 전국자동차노동조합 연맹, 그 밑에 서울버스 지부, 그 밑의 노동조합 분회, 이렇게 되어 있는데 조합비를 임금 총액의 2%씩이나 떼어가면서 자기네들 사리사욕만 채우기에 바빴고 우리 노동자들의 비참한 현실을 외면했습니다.

한 가지 예를 들어 볼까요. 92년도에 제가 버스회사를 상대로 소송을 건 적이 있어요.(당시 6대 도시 60명이 소송을 걸었음.) 기본급 외에 고정적으로 지급되는 승무수당, 근속수당, 식대 및 교통비는 통상임금에 포함되어야 한다는 소송을 걸었는데 회사에서 징계를 먹이는 건 보통 써먹는 수법이니 당연하다고 생각되지만 (오죽하면) 정작 도와주어야 할 조합에선 저를 제명시켰고 지부에서는 지부 신문에 그것이 과연 통상임금에 속하는가라며 조합원들을 현혹시키고 은근히 회사 편을 들었습니다. 결국엔 졌지만 저는 지금도 도저히 납득할 수 없습니다. 왜냐구요? 택시는 지금도 근속수당이니 식대니 하는 것을 통상임금으로 받고 있거든요. 왜 같은 나라에서 법이 달라야 하는지.

아, 또 얘기가 길어졌어요. 참 그래도 한 가지 더 해야겠어요. 해마다 시내버스 임투 때면 파업 얘기가 나오죠. 그러나 절대 걱정마세요. 우리 조합원들이 참여할 수 없게 만든 현 제도에서 무슨 파업입니까. 10년 전이나 지금이나 똑같은 단체협약에는 몰라도 적당히 타협해서 우리에게 물어보지도 않고 도장 쾅쾅 찍어주는데 파업은 무슨 파업입니까. 다 쑈예요, 쑈. 지나간 신문을 들춰보세요. "시내버스 파업 직전 극적 타결" 아마 제목이 한결같을 거예요.

어이가 없는 건 지금 우리 운전사들 식대가 얼만 줄 아세요? 1,200원이에요. 그것도 작년인가 200원 올리려고 새벽 4시까지 싸워서 얻은 성과래나요. 요즘 짜장면 값도 안 되는 걸 가지고 식대라니⋯⋯. 분회장을 뽑는 건 직선제니 바꾸면 되지 않느냐고요? 바꿔도 소용없어요. 지부에 가서 교육 한두 번만 받고 나면 얼굴 싹 바꿔요. 이제 버스회사와 운전사들의 실태를 조금은 아시겠죠.

우리 버스운수 노동자 여러분! 힘내시고요. 엿 같은 단체협약이나마(그거라도 지키면 좀 나은데) 지키라고 회사에 요구하고요. 사고 없이 안전운행 바랍니다.

| **안건모** 동해운수, 1996년 4월 |

용찬이를
보며

그날

서럽게 푸른 한진중공업의 작업복이

안양병원 앞에서

노도로 흐르고

6월의 가로수도 제 몸을 가누지 못하던 그날

여섯살박이 용찬이는

내게 눈물을 주었다.

아빠가 그려진 면티를 입고

"박창수를 묻기 전에 노태우를 먼저 묻자" 피켓을 들고

더 작아져버린 듯한 엄마와 함께

마치

영안실 냉동칸에 50여 일 가까이 누워 있는

두 번 죽임 당한 아비의 한을 아는 듯이

엄숙하게 걸어나왔다.

누가

어떤 땅이

대한민국 여섯살박이 사내녀석이 받을

모든 사랑과 자유를 너에게 찾아줄 것인가?

아빠의 손을 잡고

박창수 추모가 대신 "철의 노동자"를 불렀던

너의 기억들을 외면할 것인가?

늙고 지친

부산의 아저씨 아주머니들이

상경투쟁의 마지막 마이크를 잡던 그날

개구쟁이 용찬이는

모두에게 웃음을 주었다.

플라스틱 철가면으로 무장하고

도깨비 방망이를 휘두르며

빡빡 깎은 기수대 아저씨 머리부터 시작해

천여 명 사이를 돌며

마음 내키는 대로

한낮 도깨비 나라에 보냈다.

고 박창수 열사의 아들이 아닌

장난치고 싶어 안달하는 너의 도깨비 방망이에

우리 허허 웃을 수밖에

거친 쇳소리로

"임을 위한 행진곡"을 부르던 용찬이는
'내일'을 알까?
몇 밤만 자고 나면 온다던 아빠와
햇살 아래 만날
용찬이의 내일은
오늘도 어디께 스러져 있을까?

| **황미화** 정심전자 노보, 1996년 5월 |

검은
장갑

산업재해 문제에 관심이 있는 노동자들과 의사, 간호사, 약사 등 보건의료인들이 150명쯤 모여 2박 3일 동안 지지고 볶으며 치르는 행사가 있었다. 이름하여 '산업안전보건활동을 위한 공동교육훈련'.

말이 나온 김에 산업재해에 대해 한마디 한다면 오늘도 이 땅 어디에선가 최소한 6명의 노동자가 일을 하다가 다쳐서 목숨을 잃었을 거라는 것이 노동부가 매해 발표하는 통계이다. 노동부의 통계에 잡히지 않은 해외 건설현장과 근로자 5인 미만의 영세사업장에서 발생하는 사고까지 합하면 1년 동안에 죽고 다치는 노동자가 얼마나 될지는 아무도 모른다. 그러니 아버지나 아들을 그야말로 '산업전선'에서 잃고 완전히 결딴나버린 가정의 식구들을 내가 거의 주마다 새롭게 만나야 하는 것도 무리가 아니다.

1년에 2천 명을 훨씬 넘는 노동자가 산업재해로 사망한다는 사실을 '천만 노동자'와 '백만 학도'의 비율로 환산해, 우리나라에서 적어도 1년에 200여 명씩의 대학생들이 학교시설의 잘못이나 혹독한 수업환경 때문에 죽어간다고 가정해보자. 천지가 개벽되어도 벌써 되었지……. 그 문제를 해결하지 못한다는 이유로 정권이 바뀔지도 모르는 일이다. 대학생이 1년에 200명씩 죽는 것은 큰일 날 일이고, 노동자가 2천 명씩 죽어나가는 것은 별것 아니라고 여겨지는 게 슬프지만 우리의 현실이다.

다시 처음의 이야기로 돌아가, 그 행사의 첫날, 150여 명이나 되는 참가자들이 지역별로 무리지어 나가 일일이 자기소개를 하는 길고도 지루한 시간이 있었다. 내 바로 옆 사람은 한 손에 검은 장갑을 끼고 있던 청년이었다. 그 청년은 자기 순서가 되자 "장갑 좀 벗어도 될까요?"라고 말하고는 한쪽 손과 입을 사용해 장갑을 벗으려고 애썼다. 내가 얼른 그 청년이 옆구리에 끼고 있던 마이크를 받아쥐었다.

장갑 속에서 나온 그 청년의 오른손은 손가락 다섯 개가 모두 잘리고 없었다. 손가락이 잘린 정도가 아니라 손등 부분이 어른 밥숟가락만큼밖에 남아있지 않았다. 참가자들 사이에 작은 웅성거림이 일었고, 여자들 중 몇 사람은 차마 볼 수 없다는 듯 고개를 숙였다. 모두 그 청년의 한 맺힌 외침 정도를 예상하고 있었는데, 그이가 나지막한 목소리로 말했다.

"저처럼 말이지요, 순간적인 사고를 당해 손가락이 잘린 사람은 그래도 산재로 인정되어 보험 처리가 됩니다. 그러나 오랜 세월 동안 공장에 다니다가 자기도 모르는 사이에 골병 들어버린 노동자는 좀처럼 직업병으로 인정받지 못해서 산재보험 처리가 되지 않습니다. 생활비는 고사하고 치료비조차 한푼 안 나와요. 여기 보니 훌륭하신 의사 간호사 선생님들 많이 오신 것 같은데, 앞으로 공장에서 일하다가 폐병 걸리고 수은 중독에 걸려 병원에 찾아오는 노동자가 있거든 제발 좀 친절하게 잘해주십시오."

그것뿐이었다. 그이는 결국 자기가 다쳐서 원통하다는 말은 한마디도 하지 않았다. 다음이 내 차례였는데 잠시 숙연해진 사람들에게 "노동상담하는 하종강입니다" 어쩌구 하는 말을 하려니, 말하는 나도 참 부끄러울 지경이었다.

그렇게 시작된 2박 3일 동안 그이와 나는 내내 붙어있다시피 지냈고, 그 공동교육훈련이 끝나고 얼마 후, 나는 결국 사무실의 동의를 얻어 내 책상 옆에 작은 책상을 하나 더 갖다 놓고 마다하는 그이를 들여앉혔다.

그이는 의경 출신으로 이른바 사복체포조인 백골단 출신이었다. 그이의 표현대로 '세상에 대해 아무것도 모른 채 휴가 가는 재미'에 열심히 시위학생들을 체포했다. 체포한 학생이 거물이어야 휴가를 갈 수 있었기에 체포 보고서에 가능한 한 자기가 체포한 시위자가 거물인 것처럼 쓰는 것이 통례였다. 구호를 한 번 선창했으면 열 번쯤 선창했다고 쓰고……

  그이는 요즘도 농담처럼 "그때 내 손이 죄를 많이 지어 이렇게 되었다"고 말하곤 한다. 제대를 앞두고 그이는 함께 의경 생활을 했던 친구와 함께 아예 경찰에 말뚝을 박기로 결심했다. 제대 후 경찰 채용 시험일까지 두어 달쯤 남아있었다. 그이의 친구는 시험 준비를 한다고 도서관에 다녔고, 그이는 의경 출신은 웬만하면 붙여준다는 그깟 경찰시험을 따로 공부까지 해가면서 봐야 할 필요는 없을 것 같아서, 그동안 돈이나 벌어야겠다는 생각에 구로동의 플라스틱 그릇을 만드는 공장에 사출공으로 취업했다.

  한 달 남짓 일했을 때, 그릇을 찍어야 할 기계가 그이의 오른손을 찍어버리는 바람에 그이는 오른손 손가락 다섯 개를 모두 잃었다. 기계의 금형이 닫혔다가 열린 다음에 제품을 꺼내는 방법만 배웠던 그이는 기계의 금형을 여는 방법을 몰라 기계 사이에 손이 낀 채 한참이나 그대로 있어야 했다. 좀 떨어져 있던 고참 노동자가 달려와서 금형을 열고 그이의 손을 꺼내주었다. 장갑 속에서 손을 빼내던 그이는 손을 도로 집어넣고 말았다. 살은 모두 문드러져 없어져 버리고 뼈만 앙상하게 남은 손가락들만 따라 올라왔던 것이다.

의경 생활을 할 때 여동생의 소개로 사귀던 그이의 여자친구는 그이가 병원에 입원해있는 동안 하루도 빠짐없이 문병을 오더니, 그이가 퇴원하는 날 아예 짐을 싸가지고 그이의 집으로 함께 들어갔다. 그이의 표현대로, 그이는 '손 하나를 잃은 대신 예쁜 안해를 얻은 셈'이었다.

우리 사무실에서 일하는 동안 그이는 내 옆 책상에 앉아 닥치는 대로 책을 읽었고, 때로 답하기 어려운 질문들을 퍼붓기도 했다. 그럴수록 그이가 해야 할 일을 분명히 느끼는 것 같더니, 드디어 6개월째 되던 날 "내가 이런 곳에서 책상이나 지키고 앉아있을 때가 아니다"면서 사직서를 냈고, 나는 기꺼이 그것을 받았다.

얼마 후 공장에서 일하다 어처구니없는 사고로 사망한 노동자의 장례식이 있어서 참석했을 때였다. 회사 앞마당에서 장례식을 끝내고 대형 영정을 앞세운 상여행렬이 이 회사 정문을 나섰으나, 중무장을 한 전투경찰 대열이 절대로 노제는 허용할 수 없다며 겹겹이 행렬을 막았다.

"여러분은 지금 명백한 불법 행위를 하고 있습니다. 회사 안으로 들어가지 않는다면 법을 집행해야 하는 저희들로서는 부득이……."

경찰 간부의 가두방송이 쩡쩡 울려댔지만, 동료의 죽음을 직접 목격해야 했던 노동자들 중에 그걸 겁내는 사람은 이미 없었다.

"흩어지면 죽는다. 흔들려도 우린 죽는다……. 지키련다. 동지의 약속. 해골 두 쪽 나도 지킨다."

노랫소리와 함께 대열 선두에 있던, 흰 와이셔츠에 검은 바지를 입고 머리띠를 두른 일단의 노동자들이 달려나가 전경들과 뒤엉켰다. 순식간에 이는 고함 소리……

아, 그때 나는 뿌연 흙먼지 속에서 분명히 보았다. 대열 맨 앞에서 전경의 방패를 부여잡고 몸부림치는 검은 장갑……

그날 전경의 봉쇄를 여섯 번이나 돌파하고 기어이 목적했던 곳에 장례행렬이 도착할 때까지 나는 전경과 몸싸움을 하는 대열의 선두에서 매번 검은 장갑을 발견할 수 있었다. 백골단 시절 그야말로 '승냥이처럼 달려가서 학생들의 덜미를 잡아채 그대로 아스팔트에 패대기치며 정확하고 빠른 동작으로 하복부를 내지르도록' 훈련받은 서러움을 저들에게 고스란히 갚아주고 있는 그이의 모습은 맺힌 한을 뿜어내는 늠름함이었다.

노제 도중 멀리서 나를 발견한 그이가 사람들 머리 위로 깡충깡충 뛰어오르며 신이 나서 소리쳤다.

"하 선생님, 우리가 저지선을 여섯 번이나 돌파했어요. 완전히 깨부수었다구요."

마치 태권도를 하듯 검은 장갑 낀 손을 휘저으며……

그날 이후, 나는 신촌에서도 종로에서도 미금시의 원진레이온 정문 앞에서도 뿌얀 최루가스 속에서 구호를 선창하거나 사람들에게 '전노협 진군가'를 가르치고 있는 검은 장갑을 쉽게 볼 수 있었다.

그 후 어느 단체에서 '노동자를 위한 산재 교실'이라는 정기강좌를 마련했을 때, 나는 첫 강의를 그이에게 맡겨보자고 사람들을 설득했다. 며칠 후 그이가 전화를 했다.

"저를 강사로 추천해주셔서 고맙습니다."

강의 준비를 위해 그이를 만났던 날, 이야기 도중에 그이가 말했다.

"내가 백골단 출신이라고 말했다가 사람들한테 몰매 맞는 건 아닐까요?"

"그 죄는 벌써 갚고도 남았어. 이제 더 이상 너한테 돌멩이를 던질 사람은 없다."

그 강좌의 첫날, 강의 첫머리에서 그이가 말했다.

"제가 백골단이었을 때, 대학생들이 던지는 돌멩이로부터 저를 보호하기 위해 방패와 방석복과 방석모로 중무장을 하고 시위현장에 나갔습니다. 그러나 노동자가 되고 보니 우리 노동자들은 방패 하나 없이 산업전선에 내몰린 꼴이었습니다.

철없던 시절, 제 손톱이 조금 못생겨서 어머니에게 '어머니, 내 손톱을 왜 이렇게 못생기게 낳아주었소?'라고 따지기만 해도 어머니는 가슴 아파하셨습니다. 제가 손가락 다섯 개를 모두 잃었을 때 제 정신이 들고 나서 처음 든 생각은 '아, 불효했구나'라는 것이었습니다. 어머님은 제가 다쳤다는 이야기를 한 달 후에나 들으셨는데도 기절하셔서 병원에 2주일 동안이나 입원하셔야 했습니다.

요즘은 시위현장에 나가도 돌멩이를 마음대로 못 던져서 영 재미가 없습니다. 던져도 멀리 나가지도 않습니다. 몸이 건강해야 싸움도 합니다. 노동자 여러분, 건강할 때 건강을 지킵시다."

비록 잠시 동안이었지만, 그이와 함께 일할 수 있었다는 게 참 자랑스럽다.

| **하종강** 노동법률상담가, 1996년 6월 |

아무것도 해줄 수 없는
내가 슬프다

나는 슬프다.

아주머니들도 슬프다.

그를 아는 모든 노동자도 슬플 것이다.

물론 그는 더욱 슬프고 비참하다.

못 배우고 배고파서 찾은 직업이 조리사. 육십 가까이 열심히 일하다 보니 부장까지 되었다. 우리 글도 잘 못 쓴다. 꼭 나의 아버지와 같은 그런 글씨체를 쓴다. 부장이라고는 하지만 새벽부터 모든 직원이 퇴근한 밤늦게까지 혼자서 뒷정리 다하고 기숙사로 올라온다. 집이 서울이라 가족하고 함께 지내지도 못한다. 못 배우고 성격이 활달하지 못하다 보니 사람 부릴 줄도 잘 모른다. 하지만 미워하면서도 사람들은 그를 따른다. 거짓 없이 항상 묵묵히 일만 하는 그를 좋아했다.

회사도 그를 좋아했다. 얼마 전까지는⋯⋯.

이사라는 젊은 사람은 그의 얼마 남지 않은 환갑잔치를 회사에서 한다고 노래하곤 했다. 우리도 그렇게 믿고 있었다. 하지만 그는 떠나야 한다. 4년 가까이 죽어라 일해주었는데 회사는 그를 밀쳐낸다.

어디로 가야 하나. 나이 많아 받아주는 데도 없는데 어떡하라고. 자기 사업할 배짱도 수완도 없다, 그는. 그래서 우리는 더욱 슬프다.

나는 이곳에 노동조합을 만들었다.

오늘은 그와 이야기를 조금 했다.

밥도 제대로 못 먹었는지 얼굴이 초췌하다.

그래서 나는 다시 슬퍼진다.

속에서 씨팔 소리가 나오려 한다.

위로한다고 마음만 흔들어놓았나 모르겠다.

우리가 노동조합을 만들었을 때 그는 이렇게 말했다. 3년 넘게 한솥밥 먹은 너희가 이럴 수 있느냐고, 딸같이 생각한 너희가 이럴 수 있느냐고 나와 여러 번 싸움도 했다. 우리는 그를 좋아하면서 싸웠다. 누구를 위한 일이냐고 했지만 지금은 내가 말을 한다. 4년 가까이 밥해먹이니 회사는 당신을 어떻게 했느냐고. 하지만 우리를 더욱 슬프게 하는 것은 따로 있다.

그를 그렇게 만든 것이 같이 일하는 동료들이다. 그들도 얼마 지나지 않아 그의 뒤를 따를 것이다. 개처럼 충성하고 복날 개 신세 되리라.

하지만 지금 그들은 경비견으로서 당당하게 짖는 개 같은 생각을 하고 있으리라. 오늘도 개들은 짖고 있다.

| **이재원** 성웅만나노동조합 위원장, 1996년 9월 |

우리
공장은

내가 남들처럼 걸어오는 공장엔

노동운동처럼

금지된 운동이 있는가 하면

전 사원 한마음 갖기 운동이 있고

해마다 임금인상 때면

우리끼리 전술이 어떻고 전략이 어떻고

한마디만 새어나가도

전투적이다 과격하다

흘깃거리던 공장에

생산성 향상 2 BY 2 작전 개시

깃발이 나붙더니

전사자처럼 동료가 죽고

부상자가 생겨 팔이 날아가고

밤낮 없는 작전 수행에

날밤을 새우는 사람이 있어

다음 날 아침이면
매복서고 온 사람처럼
축 처진 어깨에
밤이슬 맞은 듯 풀 죽은 눈으로
근무교대를 하는
우리 공장은
선전포고 없는 전쟁 중

| **이만호** 상신브레이크 노동자, 1996년 11월 |

누가 내 밥그릇
챙겨주냐?

회사 사정 어렵다고

야근비란 걸 없애자는데

그래도 야근은 있다는 거야

야근을 해야 회사가 산다고

계장은 과장으로 승진시키고

과장부턴 야근수당이 없거든

과장 직장수당 얼마 더 준다고 그러나 봐

그럼 우리 쫄다구들은 야근비 없애고 야근하라는데

미쳤냐. 누가 내 밥그릇 챙겨주겠냐

마누라 월급 제 날짜에 안 갖고 온다고

이십만원, 삼십만원 찔금찔금 가져와 봐야

손가락 사이로 다 흐른다고

적금은 뭔 돈으로 붓고

아버님 생신 때는 뭘 내놓냐고

내가 이 집에 시집 와서 어쩌구 앙탈을 놓고

용돈을 줄여야겠단다
하루 오천원 주던 거
일주일에 이만오천원 준단다
아껴 써야 산다고
안 그러면 월급 좀 푹푹 갖고 오라고

회사 사정 어렵다고
야근해도 8시부터 야근비 계산하면 안 되냐고
8시까지는 야근 아니고
8시부터 돈 쳐주면 안 되냐고
회사 사정 어려울 때
희생 좀 하면 안 되냐고

"우린 뭐 먹고 살아! 알아서 해!"
아, 울부짖는 마누라 파업 소리

| **김상진** 서울출판노조협의회 조합원, 1997년 1월 |

노동자의
삶

자지러지듯 울어 재끼는
어린 아이가 있습니다.
가로등 불빛 없는 컴컴한 골목길을
힘없이 오르는 젊은이의 한숨 소리가 있습니다.

찬물에 여린 손 부르트고
하얀 입김 된서리의 아림을 잊은
젊은 아낙의 새벽 손길이 있습니다.

작은 방 올망졸망
늘어날 것 줄어들 것 하나 없는
몇 평 남짓 셋방엔

여기저기 이것저것 제목 붙이지 아니해도
성실한 노동자의

서러운 숨소리가 있습니다.

멀리 고향 하늘 저녁노을 붉음은
꿈 잃은 노동자의 허탈함만 더하고

명절날 귀향길
어울리지 않는 주름진 양복은
또 다른 내 모습에

나를 슬프게 합니다.

| **피한수** 한국중공업 생산본부 주단 기술부, 1997년 1월 |

나이 서른
이상 없음?

"안녕하세요!"라는 말과 함께 오전 7시 30분, 오늘도 변함없이 근무지의 침실에 들어선다. 근무복으로 갈아입고 침상에 누워 긴 담배 연기를 내뿜는다. 아무 생각 없이……

정각 8시, 살며시 사무실 문을 열면 야근조가 드디어 교대조가 왔구나 하며 반긴다. 가벼운 목례와 간단한 지시사항을 듣고 각개격파를 위해 총과 탄알을 챙긴다. 이때부터 내 공상은 시작된다. 바쁜 시간에 하는 개찰구 근무는 짜증과 함께 눈이 화려함(?)을 만끽한다. 부정승차 단속으로 건수 한번 올리면 그날은 시작이 우울하다. 그놈의 돈 천 원에 얼굴붉혀가며 목청을 높이고 결국 얄궂은 담배만 타들어간다.

드디어 손바닥 죄는 시간이 왔다. 임무 교대 '근무 중 이상 없음'을 떠올리며 "이상 없지요?" 하며 전선의 최전방에 앉는다. 실탄 확인, 이상 없음. 장비 확인, 이상 없음. 그러면 남은 것은 적(?)들이 오늘은 얼마나 몰려올까?

어항 속에 붕어 아닌 사람이 앉아있지만 어항 속에 있는 나는 사람이 아니고 그저 기계인가. 개찰구 건너 구석에서 웬 대낮에 입맞춤하는 연인들, 근무 인원이 모자라는 틈을 타 넘어다니는 얌체족들……. 내가 사람 구실하는 순간은 손님다운 손님이 "고맙습니다, 수고하세요." 하는 말과 함께 사라져가는 뒷모습을 바라볼 때……. 아, 나는 표 파는 기계인가!

중간 마감 좀 하고 있자면 늙으나 젊으나 왜 그리 바쁜지 99% 이상이 재촉한다. 언제부터 우리의 삶이 이다지도 빠르게 날아가는 총알 탄 모습이 되었을까 반문해보며 쓴웃음을 짓는다.

지루한 하루가 지나고 나도 또다시 고민에 젖는다. 집에 곧장 가서 밥 먹고 텔레비전이나 보다가 잠이나 자? 그건 아니야. 동기나 한 명 꼬드겨 두꺼비나 잡을까? 이 생각 저 생각 하다가 에라 잠이나 자자 하고 결론을 내린다. 이런저런 한심한 생활에 한숨만이 푹푹 나고 애인 하나 없는 이 내 청춘이 불쌍하구나…….

| 서울지하철 역무지부 조합원, 1997년 1월 |

우리 엄마가
파업을 하는 이유

울 엄마는 시골에서 농사를 짓던 아낙네였습니다.

근데 하나밖에 없는 아들이 대학에 들어왔는데

1년 등록금이 500만 원에 가깝습니다.

열 마지기가 안 되는 농사론 1년 내내 뼈 빠지게 일해야

비료값, 기계값, 물세, 빚진 거 이자 내고 나면 남는 돈이

없어요.

정말이지 한 푼 남는 거 없습니다.

그래서 우리 엄마는 새로 생긴 농공단지에 들어가셨습니다.

아침 8시부터 저녁 6시까지

한 달에 두 번 쉬시고

하루 종일 솜을 타서 솜을 운반합니다.

먼지에 숨을 캑캑 들이마시면서

그렇게 4년째 일하고 계십니다.

그런데 월급이 36만 원이라 합니다.

울 아버지는 뼈 빠지게 일해서 정말로 뼈가 빠지셨는지

허리를 못 쓰십니다.

가만히 계산해보니 울 엄마는 시간당 1,200원.

하루 종일 서서 솜을 나르고 솜을 타고 먼지를 들이마십니다.

울 엄마는 세 시간을 허리가 휘도록 일하면

김치찌개 하나를 사드실 수 있어요.

옆집 아줌마가

나이가 어린 작업반장이

일을 잘 못한다고 뭐라 한다고

엄마뻘 되는 사람한테 그러면 쓰냐고 했다가

다음 날 회사에서 쫓겨났답니다.

울 엄마는 정말로 착한 사람이었습니다.

아들이 학교 가서 데모할까 봐 걱정하시고

김영삼을 욕하면, 대통령을 욕하면 안 된다고 나무라시고

내가 사장을 욕하면

세상을 그렇게 바라보면 안 된다고 나무라시지요.

그런데 울 엄마도 이제 더는 참을 수 없나 봅니다.

노동자들이 파업한다고 하니 좋아하십니다.

농공단지 공장은 다들 시골 아줌마라서

부당한 대우에, 박봉에, 중노동이어도

노조니 뭐니 꿈도 못 꾸지만

그래도 도시에서 파업한다고 하니

그렇게라도 해야 사장들이 노동자들 무서운 줄 알지

아니면 정말로 사람 취급도 안 할 거라고 하시며 좋아하십
니다.

엄마만 생각하면 이 못난 아들은 눈물이 핑 돕니다.

| **김철종** 나우누리 gaylib, 1997년 2월 |

선로인이여
힘내이소

딩동. 멍멍.

"누구십니까?"

"전화국에서 왔습니다."

"전화국에서 뭐하러 왔어요." 멍멍

"이웃 집 전화 고치러 댁의 옥상에 좀 올라가야겠습니다."

"옆집 고장수리 하는데 우리 집엔 왜 와요." 멍멍

"안 돼요." 멍멍. "잠시만 하면 되는데요."

"안 된다는데 왜 그래요. 신경질 나게… 지금 있는 선도 모두 다 치워주세요." 쾅. 멍멍.

아이쿠 머리야.

딩동. 멍멍.

"누구십니까?"

"전화국에서 왔습니다."

"왜 이제 오세요. 고장 난 지가 몇 시간이나 지났는데." 멍멍.

"죄송하게 되었습니다.""태풍 때문에 일이 많아서요."
"그건 당신 사정이잖아요."
"서울에서 올 전화도 있고, 미국에서 올 전화도 있다구요."
"통화 못 한 거 당신이 책임져요." 멍멍.
아이쿠 골치야.

우리는 영원한 봉인가?
선 치워 달라. 왜 늦었느냐?
손해배상 해달라 등등. 개마저 깔보고 달려드는구나.
선로야, 너는 왜 맞고만 사니? 고개 좀 들어라.
평생 가야 과장도 한 번 못하고,
3급에다 대못을 쾅쾅 박아놓고는
만날 천날 작업복에, 오늘도 전봇대 타령이냐?
언제까지 봉일쏘냐!
훌훌 털고 일어나라. 어깨를 활짝 펴라.
우리 같이 기운 내고, 열심히 뛰어보자꾸나.

| **박민영** 한국통신 진주전화국, 1997년 7월 |

영광의 상처

1994년 산업재해 추방을 위한 산업재해 만화 공모전 최우수상 당선작

"아빠!
힘내세요!"

　제 집사람은 언젠가부터 제 얼굴을 유심히 보고 무슨 일이 있느냐고 말을 걸어왔습니다. 그때마다 저는 몸이 조금 피곤하다며 넘기곤 했습니다. 아내에게 충격일 수 있는 급여 중단 얘기를 차마 할 수가 없었던 것입니다. 하지만 25일이 지나면 어차피 알게 될 것이므로 말을 해야겠다고 마음먹었습니다.

　두 차례 얘기를 했으나 아내는 회사에서 급여를 안 준다는 게 실감이 나지 않는 모양이었습니다. 그러나 막상 25일이 지나고 통장에 급여가 입금되지 않자 부부 간의 갈등이 심각해지고 아내는 애들한테 화를 낼 정도였습니다. 그때 제 마음은 너무 아팠습니다.

말로 표현할 수 없는 심정을 어떻게 정리해야 할지, 아내를 이해시키며 가장의 책임을 무엇으로 질 것인가 고민하다가 일요일에 수리산 산행을 홀로 했습니다. 산이 내 마음을 진정시켰습니다. 삶을 돌아보면서 내가 그동안 옳지 못한 길을 얼마나 갔던가, 사람답게 살아가야지 하고 다짐했습니다. 회사에서 급여를 중단하고 제 삶을, 우리 가족을 고통스럽게 할지라도 고통을 감수하겠다고 다짐했습니다.

철야농성을 하면서 아내도 마음을 정리한 것 같습니다. 초등학교 2학년인 막내 인수가 밤에 사무실로 전화를 하여 "아빠! 힘내세요!" 했으며 아내도 집에서 부업을 한다며 "당신, 힘내세요." 했습니다. 아홉 살인 것이 엄마가 시켰겠지만 힘이 되더군요.

직원 여러분도 거금 만 원씩 모금해주시고 "힘내고 자주 들러라"고 격려해주셨을 때 큰 힘이 되었습니다. 제 심장에서 우러나오는 마음으로 감사를 드립니다. 열심히 하겠습니다.

| **채운기** 이랜드노동조합 문화복지담당자, 1997년 7월 |

그랜저와
김밥 통근버스

올 여름휴가도 우리 회사 사람들은 우울하게 '찾아먹어야' 만 했다. 5일간 휴가라지만 격주로 쉬는 토요일에다 당연히 쉬는 일요일을 끼우고 나머지 3일은 똑같은 비율로 공제해서 휴가를 보낸 것이다. 세계화 시대에 선진 외국처럼 2~3주 휴가는 못 줄망정 연차를 사용해서 여름휴가를 보내야 하니 어디 마음 편히들 쉬었겠는가?

들어온 지 한 달이 될까 말까 하는 다른 라인의 한 녀석은 여름휴가를 보낸 뒤로 출근을 하지 않는다. 들리는 얘기로는 자신은 연차가 하나도 없어서 대신 8, 9, 10월치 월차 3개월을 미리 까먹었다고 X같은 회사 못 다니겠다고 했단다.

우리 회사 통근차량은 2년 전까지만 해도 대형버스였는데 사고로 폐차된 뒤 급한 김에 어디서 주워온 폐차 직전의 '어린이 통학용' 25인승 미니버스를 아직도 쓰고 있다. 모든 내부구조(특히 좌석의 크기)가 어린이용이라 불편한 게 이만저만이 아니다. 다 큰 장정 30여 명이 김밥 속의 밥알갱이처럼 이리 끼이고 저리 끼여 앉아야 하는 어처구니 없는 날들이 많다. 아침 6시 40분 이른 출근길에 졸음에 가득 찬 채 버스에 오르면 사소한 자리다툼에 때로는 서로가 낯 붉히는 일들이 잦다. 창틀이 서로 맞지가 않아 한겨울이면 찬바람에 버스 안은 시베리아 한복판으로 변하고, 에어컨조차 작동되지 않아 한여름이면 아침부터 비지땀을 뻘뻘 흘리면서 출근해야 하는 형편이다.

그런데도 사장은 얼마 전 잘 굴러가던 그랜저를 집어치우고 '뉴그랜저 3.0'을 몰고 나타났다. 한여름에 용접똥이 튈까 봐 마치 중세의 기사처럼 중무장한 채로 하루 종일 용접불을 지지는 우리들의 현실을 모를 리 없는 사장은 늘 한가족이라고 말하는 우리들에게 '편안한 출퇴근'을 배려하지 못하고 있다. 그랜저만 한 미니버스에 파김치가 된 몸을 내던지는 노동자들과 미니버스만 한 그랜저에 자신의 편안함을 찾는 사장……

경영의 최고 목적은 이윤을 최대한 많이 내는 데 있다고 한다. 하지만 이윤을 만드는 또 다른 주체인 노동자들을 배려

하지 못하는 경영은 배부른 돼지의 자기 만족을 위한 돈벌이
가 아닐는지…….

| **신재정** 부천지역금속노동조합, 1997년 8월 |

핸드폰 없는 사람
출입금지

"여보세요. 거기 대우자동차 판매 노조죠? 여기는 노동자 영상사업단 희망인데요. 위원장님이 단식농성한다고 들었는데 촬영을 하고 싶어서 그러는데요."

"아 그래요. 근데 오늘은 신답영업소에서 집회가 있어서 사람이 없거든요."

"신답영업소요? 네, 알겠습니다."

혜란이와 카메라를 메고 157번을 타기 위해 동대문으로 갔다. 청량리 588골목 옆이란다. 한성실업 정류장에 내렸다. 기가 막히게도 영업소는 정류장 바로 옆에 있었다. 일반 사업장에서 흔히 보는 '건설! 산별노조 승리! 97임투'라고 쓰인 종이 대자보가 붙어 있었다. 영업소 안으로 들어가니 윤

승일 쟁의부장님이 반갑게 맞아주셨다.

집회 장소는 요즘 잘나가는 레간자를 한쪽 귀퉁이로 몰아 놓고 그 자리에 스피커, 마이크를 설치해놓았다. 영업소가 흩어져 있기 때문에 조합원들은 택시를 타고 도착했다. 잘 다려진 양복바지에 노랑색, 분홍색, 파랑색, 흰색 와이셔츠를 깨끗이 다려 입고 손 대면 찔릴 것 같은 무스 바른 머리로 한 명씩 들어왔다. 오른손 손목에는 핸드폰을 걸고 집회장에 들어오면서 투쟁이라 쓰인 머리띠를 받아든다. 검게 그을린 얼굴에 깊이 패인 주름살. 회색빛 작업복을 입고 힘줄이 튀어나온 손목을 흔들며 노래하고 구호를 외치는 것이 예전에 많이 봐왔던 집회의 모습이다. 뽀얀 얼굴을 한 조합원들은 눈으로 서로에게 인사를 한다.

집회가 시작되기 전에 노래 배우는 시간이 있었다. 노래를 한참 따라하고 있을 때였다. 삐리리…… 삐리리…… 한 사람이 핸드폰을 들고 줄 밖으로 급히 걸어나갔다. "여보세요. 아, 네 네……." 통화를 끝내고 줄 안으로 들어간다. 앉자마자 띠리리…… 띠리리…… "여보세요. 아, 네 네……." 이번에는 두 명이 동시에 뛰쳐나간다.

집회는 1시간 정도 계속 되었다. 묵념할 때도 위원장 연설 때도 결의문을 읽을 때도 어김없이 함께한 소리, 띠리리…… 삐리리…… 여보세요. 아, 네 네…….

웃음을 참을 수가 없었다. 영업직 동지들은 역시 달라, 직업 특성은 참 무시할 수 없는 거구나 생각했다.

집회를 마치고 200명쯤 되는 조합원들이 삼삼오오 짝을 지어 나왔다. 오랜만에 본 사람들도 있는지 반갑게 악수를 하며 인사를 한다. 그러는 동안에도 다섯 사람 가운데 두세 사람은 왼손으로 통화를 하고 있다. 또 한 번 웃었다. 푸하하하……

4년 동안 많은 현장을 다녔다. 그런데 자동차 영업소는 처음이었다. 지금까지 다녔던 제조업과 다른 점이 참 많았다. 핸드폰 때문에 웃기도 많이 웃었지만 투쟁의 열기만큼은 어느 곳 못지않게 뜨거웠다. 연설자 가운데 한 분이 이런 말을 했다.

"동지 여러분, 우린 근로자가 아니라 노동잡니다. 김우중이도 김영삼이도 일합니다. 그 사람들이 노동잡니까? 동지 여러분, 우리처럼 몸뚱아리로 먹고사는 사람들이 진정한 노동잡니다. 우리가 언제 자본가들 하룻밤 술값 달라고 요구했습니까? 교육비, 전세금은 올라가고 최소한의 임금을 달라는 겁니다. 노동자 스스로 투쟁해서 97년 임투를 꼭 승리합시다."

함성과 박수가 터져 나왔다.

힘 있고 박력 있는 집회였다. 확실한 연설과 힘 있는 박수

소리, 참 오랜만에 기분 좋은 집회였다. 영업직 사람들에 대해 다시 생각할 수 있는 좋은 기회였다.

다음 집회 땐 나도 핸드폰을…….

| **박정숙** 노동자영상사업단 '희망', 1997년 9월 |

택시노동자의
하루

"깍 까르릉……, 깍 깨르릉……."

이른 새벽 요란하게 울려대는 사발시계.

잠에서 덜 깬 목소리로 "여보, 일 나갈 시간이야. 어떡할 거야, 나갈 수 있겠어?"

마누라의 걱정을 고맙게 받으며 "나가야지……."

엊저녁에 먹고 남은 밥에 국물 데워서 대충 말아먹고 벌써 차가워진 새벽 공기를 맞으며 회사로 나간다. 오후반 근무를 했던 동료 조합원들이 배차실 주변에 모여 다들 한마디씩 한다. 월드컵 축구 때문에 기분은 좋은 것 같은데 주머니가 털털 비었다고들 야단이다.

어디로 갈거나! 한산한 거리! 가끔씩 보이는 정류장에 버스를 기다리는 사람들을 바라보며 동냥하듯 기웃거리며 택시 타기를 기대해보지만……. 드디어 첫 손님! "노량진 수산시장 갑시다."

힘차게 기어를 바꾸고 달려가는 새벽길이지만 염병할, 벌써부터 사납금 걱정이 가슴을 짓누른다. 그래서인지 요금 미터기에 올라가는 숫자에 눈길이 자주 간다.

출근시간! 전철역 몇 탕 뛰고 밥 먹을까? 대책 없이 시내 쪽으로 몰고 나가볼까? 열심히 짱구 굴리기 바쁘게 길 한쪽 편으로 늘어서 있는 공익 근무원들과 구청 소속 똠방 각하 완장들이 버스전용차선 위반과 합승 단속에 눈에 불을 켜고 그것도 성에 안 차 비디오카메라까지 들이댄다.

"염병할~ 차라리 내 가슴에 총을 겨눠라."

밀리고 밀리는 서울 거리를 정신없이 돌다보니 벌써 콧구멍이 답답해졌다. 손에 낀 흰 장갑으로 얼굴 한번 문질러보니 시커먼 매연 찌꺼기…….

들어갈 시간이다. 휴! 간신히 사납금 채우고, 출근시간에 잠깐 눈치 보며 합승한 돈으로 밥 사먹었으니 그나마 다행이네. 씨팔!

오후 3시.

어제 하루 쉬고 오늘은 야간반 근무를 나간다.

초저녁 퇴근길. 어쩐지 한산하다. 월드컵 축구가 오늘 영업 전선에 강력한 장애물로 등장하고 말았다. 카자흐스탄인지 가자스탠래스인지, 아무튼 그 나라하고 붙는다고 하더니 퇴근길이 뻥 뚫려 있다. 어차피 손님도 없고 기사식당에 들러 저녁 먹으며 나두 축구나 볼까?

이런 젠장할, 기왕에 붙은 게임, 이기기라도 하지. 하필이면 무승부가 뭐람!

"무슨 상관이냐구요?" 모르시는 말씀. 축구가 이기면 기분 좋아 한잔하고 기분 좋게 택시 타서 우리 같은 택시노동자들을 후하게 대해주지만, 만약 지기라도 하면 같은 방향 손님이 있어도 태우기에 눈치 보이기 때문이죠. 제기랄, 왜 이렇게 축구시합에 국민들의 정서가 좌우되고 난리법석들인지······.

하긴, 정치판은 똥물 튀기는 개판! 경제는 엿장수가 엿 자르듯이 어떤 놈 하나가 휘두르는 지랄판! 나라 전체가 개판이니 축구라도 보는 거지. "에이! 내친 김에 한국 스포츠당 창당해서 차범근이를 대통령 후보로 추대하면 어떨까?"

자정이 지나고 할증시간이다. 오늘 하루 돈 벌고 못 벌고는 이 시간에 결판이 난다. 강남역 앞. 도봉동 가는 손님 한 분에다 수유리나 미아리 가는 손님 합승이라도 한다면 좋을 텐데. 쩝!

욕심이 지나쳤나! 잔뜩 취한 손님들로 차 안은 가득 차고 말았다. 창문을 내리고 꺼억거리질 않나, 옆에 있는 친구는 등 두들겨주고…… . 불안하다. 먹었던 것 확인하려고 우욱~ 하는 날에는…… .

말 나온 김에 불평 한마디 하자! 강남 룸살롱에서 비싼 술 먹었다고 자랑하고 아가씨 팁을 10만 원을 줬네, 20만 원을 줬네 하면서 택시비가 많이 나왔다고 시비하는 사람들, 진짜 밥맛없다.

미아리 술집 골목 앞에 대기하다가 번 돈 세어보니 오늘은 공쳤다.

"왜 그렇게 돈, 돈, 하냐구요?" 염병할 놈의 사납금 때문이 죠. 사납금부터 채워주고 집에도 갖다 줘야 먹고살 거 아니 요!

9월부터 '운송수익금 전액관리제'가 시행되었는데도 사장들은 월급제가 싫고 세금 많이 내는 것이 싫어서 사납금만 가져오고 나머지는 우리 보고 다 가져가라고 악다구를 써댄다. 사납금에 대한 대가로 주는 월급은 쥐꼬리만큼 주면서…… .

완전월급제! 10년이 넘게 외쳐왔다. 올해는 기필코 되려는지…… . 올해 차량 시위는 언제 할까? 한판 붙고 싶은데. 광

주에서 택시노조 위원장 한 분이 분신했다는 투쟁속보를 손
에 쥐고 집으로 가는 발걸음이 천근만근이다.

| **박강완** 서울 상록운수, 1997년 11월 |

얻은 것보다
잃은 것이

형님! 노동법이 바뀐대요

나이 많고 쓸모없는 사람은

이제 회사 그만 나오래요

형님 같이 합시다

동생 미안해

10년 동안 열심히 했지만

남은 것이 없어

자식은 커가고

부모님을 생각해서라도

이제는 할 수가 없네

아가씨! 생리휴가 없애고

근로자파견법 들어온대요

같이 좀 합시다

아저씨 미안해 조금 있으면 시집갈 거예요

아무 말 못하겠네

형님들 같이 좀 합시다
동생 나는 중립이야
회사 편도 노동조합도 아니야
형님 어떻게 그것이 중립입니까
노동조합 지침에 한 번도 따르지 않는 것이

아저씨
이번 달에 잔업도 특근도 많이 했는데 돈이 적어요
이봐! 그것이 변형근로제야
얻은 것보다 잃은 것이 많은 게
바뀐 노동법이라네

| **김기수** 현대중공업 도장공, 1997년 11월 |

밥줄을 끊어야만 하는
밥솥 만드는 노동자

성수동에 있는 압력밥솥과 약탕기를 만드는 대웅전기(주)에 다니는 노동자입니다. 우리 노동자들의 처지가 다 그러하듯이 혼자 벌어 살림하기엔 힘들고 아직 나이도 어려 맞벌이를 하고 있는 새댁입니다.

입사하자마자 밥솥이 많이 딸리는 겨울철이라 거의 매일 야근을 했는데, 집안 살림에 보탬이 되고자 점심과 야근 도시락을 다 싸가지고 다니는 아주머니들도 꽤 많이 있었습니다. 봄에 회사 야유회 때 치악산을 등반하면서 언니 동생들과도 많이 친해졌습니다. 모두들 한 달에 한 번씩 산에 오르자고 해 산악회를 만들었는데 라인 분위기가 너무 좋아졌습니다.

그러던 어느 날 국제문제연구소 소장이라는 사람이 회사에서 강연을 했는데 노동조합은 빨갱이고, 레닌이니 맑스주의니 어려운 말을 늘어놓고 가더니 5일 뒤에 회사는 동료 5명을 해고해버렸습니다. "이게 갑자기 무슨 일인가?"

회사에서는 해고 이유가 '너무 밝고 명랑하고 사람들과 잘 어울린다'는 것이었는데, 말도 안 되는 소리였어요. 회사는 노조가 생길까 봐 미리 5명을 해고해버린 것이었어요.

해고된 5명이 출근투쟁을 하며 조합가입과 부당징계에 대해 호소를 하였고, 조합가입한 사람들이 출근투쟁을 같이 하며 지지를 하였습니다. 그런데 같이 지지해준 사람들까지도 정직 3개월로 징계를 내렸습니다, 또한 음료수를 사주었거나 아는 체한다고 하여 현장 직원들에게 경고장까지 남발하였습니다. 30여 명이나 되는 관리자들에게 여성 조합원 3명이 둘러싸여 카메라를 안 빼앗기려 하는데 황모씨 관리자가 웃통을 벗어던지고 런닝 바람으로 차 위로 뛰어다니면서 폭행도 했습니다. 그러면서 현장에 있는 사람들에게는 우리가 폭행했다며 경찰서에 되레 우리를 고소까지 하는 어처구니없는 일까지 일어났습니다.

밥솥을 만드는 회사에서 우리는 왜 밥솥보다 못한 존재인 양 밥줄을 끊겨야만 합니까? 해고와 징계를 당한 우리는 노동부와 국회에 찾아가 도움도 청해보고 호소하는 글을 써서

벽에 붙이고 다녔습니다. 정리해고에 맞서 싸우는 삼미특수강이나 용역깡패 철수를 위해 싸우시는 한국후꼬꾸 집회에 지지방문도 다녔습니다.

21세기를 앞두고 노동자를 위한 정치를 하겠다고 민주노총 권영길 위원장님께서 대선에 나오는 마당에 노조를 인정하지 않으려고 무더기로 징계를 내리는 대웅전기(주)와 같은 회사가 또 있을까요? 꼭 승리해서 현장에 돌아가 정당한 조합활동을 하고 싶습니다.

| **김경애** 서울동부지역금속노동조합 조합원, 1997년 12월 |

추월하지
맙시다

영팔이가 헐레벌떡 뛰어 오늘도 7시 57분에 출근카드를 찍는다. 겨우 지각을 면했다. 작업복을 갈아입고 현장으로 들어가자 반장, 고참들 눈초리가 따갑다. 쫄다구가 지각을 밥 먹듯 한다고 구박이 보통이 아니다.

영팔이는 군 제대를 하고 제물포역 부근에서 노래 테이프 장사를 하다가 말아먹고 친구 소개로 영창악기에 들어온 지 두 달밖에 안 된 신입생이다. 영팔이는 피아노의 심장이라 말하는 스켈톤을 만드는 일을 하는데, 수동라인 위에 가로 세로 길이 1.5m가 넘는 스켈톤을 뉘어놓고 순서대로 한 대씩 작업을 하는데, 한 대당 약 30분 정도 소모되는 일이다. 이렇게 라인 작업인데다 아직 일이 서툴러 고참들 사이에서 고전을 면치 못하고 있다. 매일 잔업을 9시까지 하고 친구들과 소주 한잔하고 피곤한 몸으로 집이랍시고 들어가면 앞 건물에 가려 햇볕도 제대로 안 들어오는 세 평 남짓한 자취방에서 매일 늦잠자다가 지각하기 일쑤이다.

영팔이는 화장실 갈 시간도 없다. 한 번 작업을 마치기도 전에 라인 입구에서는 영팔이가 작업해야 할 스켈톤이 또 흘러나온다. "에이 씨! 이놈의 회사는 화장실 갈 시간도 없어." 혼잣말로 투덜거린다.

오전 10시 40분, 술 먹은 빈속이 조금씩 쓰려온다. 또한 작업 속도도 자꾸만 늦어진다. 앞에서 작업하는 고참은 벌써 끝내놓고 담배 한 대 입에 물고 여유를 부린다. 뒤에 따라오는 고참들 역시 영팔이 때문에 전체 작업 속도가 늦어진다고 구박한다.

작업이 계속 지연되자 고참들이 영팔이를 앞질러 영팔이가 할 작업에 들어갔다. 여기서는 그것을 추월이라고 한다. 또한 추월을 당하는 것을 매우 수치스럽게 생각한다. 계속해서 영팔이는 추월을 당했다. 영팔이는 자존심도 상하고 고참들에게 미안하기도 했다. 그러나 고참들에게 이야기하지 못했다. 자꾸만 영팔이는 자존심만 상했다.

영팔이는 한참 생각을 하던 끝에 기발한 생각이나 한 것처럼 알지 못할 웃음을 머금고는 하던 일을 급하게 끝내고 칠판 앞으로 다가가 분필을 잡았다. 그리고 칠판 위에 크게 "질서를 위해 추월하지 맙시다." 하고 써놓았다. 잠시 후 영팔이는 즐거운 미소를 지으며 또 한 번 작업을 마친 후 흐뭇한 표정으로 자기가 써놓았던 칠판 글씨를 보았다. 그런데 칠판에 "영팔이 포니2 고속도로 출입금지"라고 누군가 더욱 크게 써놓았다.

| **전병렬** 영창악기노동조합 조합원, 1998년 1월 |

아빠,
회사 가?

회사가 어렵다고 말한 게 작년 6월부터였시유. 작년 10월에는 관리직 사원을 100명 정도 자른다는 얘기도 했고, 전체 그룹 임직원을 5% 줄이겠다는 말도 했으니께유. 그래도 우리 만도는 한라그룹에서 흑자를 내는 제일 튼튼한 회사니께 설마설마 했죠. 그런데 막상 부도가 터지고 나서 어음이 돌아오는 걸 보니까 장난이 아니거든요. 하루에 몇백억씩 메워야 된다는데……. 인제 그때서야 우리가 부도났구나를 아는 거여.

그래서 하는 말인디, 회사가 진짜 어려웠을 때 어려운 부분을 까놓고 우리 노동자들에게 애기했더라면 대처하는 것도 훨씬 빨랐고 지금쯤 그 어려운 부분을 다 극복했으리라고 봐요. 근데 그동안 감춰오는 식 경영 아니었어요? 그러니께 우리 노동자는 숫제 모르고 당하기만 하는 꼴이라니께유. 어디 회사가 망하면 사장 혼자만 손해보남유? 지 혼자 책임지고 손해봄사 무슨 상관 있간디유. 우리꺼정 손해를 보니께 문제지. 봐유, 벌써 월급도 못 받잖아요.

어디 거기서 끝나남유. 직장 생활하는 사람이야 밥 먹고 출근해서 일하면 그만이지만은 집에 있는 사람은 생활하는 사람인데 월급 못 탄 본인보다 더 애탔던 게 부인이나 가족들이었을 거예유. 지금 아마 애들 학원 못 보내는 집도 무지기 많을 거예유.

저만 해두 그래유. 작년 12월 6일자로 부도났다는 연락을 받고 집으로 전화를 했더니 집사람이 "어떡해…… 어떡해……." 하며 어쩔 줄을 모르더라구요. 그러더니 제일 먼저 물어보는 것이 "월급은 나오냐?"예요. "부도났는데 월급이 어떻게 나와." 했죠. 그래도 걱정은 덜어줘야겠기에 "다른 데 같으면 6개월이나 1~2년이 지나야 되는데, 만도 같으면 3~4개월 있으면 월급이 나오지 않겠느냐." 했죠. 그럼 어떻게 해요.

초등학교 6학년짜리 딸애도 어디서 들었는지 "아빠 회사 부도났다면서? 아빠, 회사 가?" 이러데요. "그럼 어떻게 해 임마…… 회사는 부도났어도 회사는 다녀야지." 했죠. 근데 그 녀석이 "아빠, 월급도 안 나올 거 아냐?" 그러데요. "야,

월급 걱정하지 마. 월급은 줄 거야." 그랬죠. 뭐.

그러니께 회사가 잘못되면 손해보는 게 사장 혼자만은 아니니까 회사 일이면 뭐든지 같이 알고 같이 해결하는 자세가 돼야 하는데 지금처럼 뼈 빠지게 일해서 돈 벌어주니까 위에서 자기들끼리 다 말아먹고 이제 와서 밑에 있는 우리보고 고통분담하라면서 책임지라고 하니 그게 어디 먹힙니까.

뭘 하든 먹고살 수 있다

제가 요즘 퇴근하면 밤에 택시운전을 해요. 원래 직장 생활을 하는 사람한테는 핸들 안 주는데 나는 스페어 기사로 해서 타요. 그것도 열심히 하면 돈 돼유. 지금처럼 월급 못 타고 이럴 때는 그것도 집에 보탬이 되죠. 지금 저 말고 직장 생활하면서 부업하는 사람들 많아요. 내가 아는 사람 중에 붕어빵 장사하는 사람도 있는데 하룻저녁에 장사해서 버는 돈이 뭐 빼고 뭐 빼고 해서 지 말로는 10만 원 넘게 남는데요. 그래서 "임마, 니가 나보다 낫잖아." 그랬더니 아, 근데 이 일은 춥고 사람들이 이상하게 본대유. 그리고 또 한 애는 밤에만 중국집 배달통을 들고 다니는 친구도 있어요. 남 보기 부끄럽다고.

나는 그래유. 세상에는 나보다 어려운 사람들이 많다. 나는 만도에서 짤리는 일이 있어도 내 처자식은 먹여살릴 자신이 있다는 그런 생각을 항상 갖고 있는 사람이에유. 남자새끼가 어디 가서 뭘 못하것어유. 안 그래요? 예를 들어 노가다를 하든 뭘 하든 먹고살 수 있는 건 다 돼요. 누구나가……. 근데 챙피하니까, 자기가 그걸 하면 남들한테 이상하게 보이것지 이런 생각이나 하는 사람들이 못한다고 봐요. 그런 마음만 없으면 다 살 수 있어요. IMF가 어떻게 몰려오든 그건 별거라고 봐요.

회사도 마찬가질 거예요. 가진 것 없는 우리 노동자도 어떻게 해서든 살아갈 방도를 찾자면 있는데 회사라고 다르겠어요? 막말로 100원을 가지고 100원을 벌긴 무지기 어렵지만 1억을 가지고 1억을 벌려면 쉬워요. 100억을 가지고 100억을 버는 건 더 쉽다는 얘기죠. 이 어려운 상황에서도 자기 몫만 챙길려니까 않는 소릴 하는 거지유.

똥구멍이 찢어지게 가난했다

지금처럼 힘들 때는 옛날 생각 많이 해요. 제 또래 노동자 치고 고생 안 한 노동자가 어디 있겠습니까만은 제 어렸을 때는 정말 똥구멍이 찢어지게 가난했어요.

내가 63년생이여. 올해 서른여섯인데 제 위로 형이 세 명 있었어요. 제가 막낸데 어렸을 때 우리 큰형은 아버지한테 어머니가 두드려맞는 것 보고 집 나갔고, 우리 아버지는 그

때 당시 작은 마누라 얻어가지고 따로 살 때였어요. 그래서 둘째 형, 내 바로 위에 형, 나, 어머니 넷이 살았어요.

우리 집은 충남 홍성 부근인데 바다 가까이 있는 완전히 깡촌이었어요. 그때 아버지가 우리가 살던 집을 불 놓고 땅을 다 팔아가지고 나갔기에 우리는 땅도 없고 집도 없어 마을회관에 얹혀살면서 바다에서 조개며 꽃게도 잡고 고동, 소라, 이런 것을 잡아가지고 먹고살았어요.

국민학교 다니면서 어머니가 생선장사를 해서 배달하러 멀리까지 뛰어갔다 오기도 하고, 하여튼 우리 식구 모두 생선 비린내가 났으니까요. 국민학교 때는 하루 굶는 것은 예사였구요. 길게는 사흘까지 굶어봤어요. 그러다 중학교 다닐 때만 돼도 남의 일 하기 쉽잖아요. 봄철에는 모도 심구, 모 끝나면 보리 베러 다니구, 고거 끝나면 마늘 캐러 다니구. 그러면서 학교 다녔어요.

중학교를 졸업하고 고등학교 대신 직업훈련소에 가겠다고 하니까 우리 어머니가 어떻게 하든 시험은 봐라 해서 평택에 가서 시험은 봤는데 합격이 됐어요. 근데 합격했다는 말을 할 수 있어야지요. 돈이 없으니까요. 그러다 등록 마감 하루 전에 "엄마, 나 사실 학교 합격했는데 돈 없어 갖고 학교 못 갈 것 같으니께 학교 안 가겠다." 하니까 우리 어머니가 난리 치더라구요. 그러시더니 가만히 농을 열고 이불 속에서 돈을 꺼내주시며 이거 갖다가 등록하래요. 그때 어찌나 눈물이 나던지. 제가 휘명 기계과를 나왔는데 학교도 사실 일해가면서 다녔어요. 고등학교 졸업하구서 군대 갔다 와서 86년에 만도 기계 들어와 지금까지 품질관리 부분에서 10년 넘게 일하고 있는 거지요. 결혼하고도 저는 보증금 없이 2만 원짜리 사글세부터 살았어요.

고생을 더할 것도 덜할 것도 없다

아마 노동자들 대부분이 저처럼 고생하면서 살았을 거예요. 그래서 하는 말인디유, 우리 노동자들은 이제 고생을 더할 것도 덜할 것도 없다 고것이유. 고통분담? 결론으로 놓고 말해서 노동자들만 때려잡자는 거예유. 지금까지 세금 일전도 안 떼먹고 고통을 참아왔는데 뭘 더 고통을 분담하라는 거예유. 노동자들 씀씀이가 헤퍼졌다고 줄이라구유? 아니 몸뚱아리를 팔아먹고 사는 노동자가 벌었으면 얼마를 벌었고 쓰면 얼마를 쓰겠어유. 그것도 자식새끼 거느린 노동자들은 마음껏 쓰고 싶어도 못 써요. 기껏 해봤자 자식들 더 맥이고 더 입히고 교육 더 시키고 그랬겠지유……. 노동자들이 많이 쓴다는데 지가 써봤자 월급 타는 그 범위 아닙니까? 그 이상 어떻게 써요? 돈이 나올 데가 있어야 쓰지유. 한 달 벌어가지고 세금 떼고 자식새끼 교육 가리키구 먹고 입구 하면 돈 없시유. 한 가정이, 예를 들어서 몇십만 원 적금 든다? 그건 사실 안 먹고 안 입고 해서 드는 적금일 뿐이지 그 돈을 정상적으로 쓰면 먹고 입구 해도 모자를 돈이라구유.

회사의 어려움도 물론 알죠. 회사가 부도로 '화의신청'이냐 '법정관리'냐 하는 판에 임금 몇 달 늦는 것쯤이야 대수겠냐고 하는 사람도 있어요. 하지만 '화의신청'이든 '법정관리'든지 하면 회사는 빚을 웬만큼 동결할 수 있지만 우리 노동자 가정엔 그런 제도가 어디 있나요? 막말로 "남편이 부도난 회사에 다녀요." 하면 애들 유치원비 안 받는 것도 아니고 쌀을 공짜로 지급하는 것도 아니잖아유.

그러니 우리 노동자들이 의지할 곳이 어디 있겠시유. 있다면 바로 노동조합밖에 없는 거지유. 근데 회사 사정이 갑자기 어려워지다 보니 노조도 사실 관망만 하고 있는데, 이제는 노조가 나서줘야 한다고 봐유. 우리 노동자 사정을 회사에도 알리고 어떤 수단을 쓰든지 정부에도 제대로 알려야 한다고 봐유. 위에 있는 사람들, 알 것 같지만 저는 모른다고 봐유. 기름밥 먹지 않는 사람들이 우리 사정을 어떻게 알겠어유. 우리가 우리 사정을 알리지 않으면 아무도 모른다고 봐유.

| **최병훈** 만도기계 아산지부 조합원, 1998년 2월 |

쉬는 시간
30분

칸막이에 갇혀
고막이 터져라
울려대는 전화벨 소리와
까다로운 전화 가입자들의
전화 응대에 맥이 빠지고

8시간 근무에
30분 쉬는 시간이 되면
조별로 도란도란 마주앉아
이야기꽃을 피운다

출산 휴가를 마치고 나온
숙희는 슬그머니 화장실로 들어가
퉁퉁 부은 아까운 젖을 짜내고 나와
애써 쓴웃음을 짓고

대기업에 다니는 남편이
최근 일괄사표를 쓰고
하루하루 살얼음판 같은
출근을 한다는 혜란은
입 속에 넣은 귤 조각을
질겅질겅 씹는다

전화 응대에 따른 친절도 따위
개인별 점검결과가 나오는 날이면
총알같이 달아나던
30분 쉬는 시간이
무덤 속같이 어둡기만 하다

| **노미경** 원효전화국, 1998년 3월 |

오자는 있어도 거짓은 없는 '진군의 북소리'

늘 뒷전이었던 홍보부

"맑은 소리, 고운 소리 영창피아노" 광고를 통해 웬만한 사람이라면 다 알고 있는 것처럼 우리 회사 영창악기제조(주)는 죽어라 피아노만 만드는 공장입니다. 조합원과 조합원 자격은 없지만 조합원이 되고 싶어 안달이 난 사람들(일부 관리직, 특수부서)까지 모두 합치면 노동자가 2천 400여 명이 됩니다.

우리 홍보분과는 홍보부장 1명, 차장 3명, 분과 2명, 모두 6명입니다. 홍보분과 활동은 늘 '능력도 없으면서 예쁘고 수준 높은 여자만 짝사랑하는 어리석은 마음'과 같이 사실 선전활동 경험이나 능력, 조건도 별로 좋지 않지만 선전활동에 대한 애정만 있다고나 할까요? 영창악기노동조합은 22

년 긴 역사를 이어오고 있지만 노조의 그 긴 역사에 비해 선전활동은 이제 막 걷기 시작한 어린애 걸음처럼 불안하기만 합니다.

96년 10월 지금의 민주집행부가 들어서기 전 노조의 홍보부 자리는 10개 상집부서 중 늘 뒷전 취급을 당하는 부서였습니다. 편집실은 아예 꿈도 못 꾸고 홍보부원 상근은 생각도 못했던 일입니다. 그때는 3일 정도 회사에 시간을 양해받아 여관방에서 신문이나 책에서 내용을 옮기는 정도로 한 해에 2~3번 노보를 만들어내는 것이 다였으니까요. 물론 노보는 조합원들이 관심과 애정을 사지 못하고 외면당하기 일쑤였지요.

민주집행부가 들어서고 저는 홍보부장을 맡게 되었습니다. 처음으로 노보를 만들려고 폼 잡을 때는 정말 막막했습니다. 쪽팔리는 일이지만 다른 노조 노보 가운데 〈민주항해〉(현대중공업노조), 〈새벽을 여는 함성〉(대우조선노조)이 눈에 띄어 그 노보들을 보고 우리 노조에 맞추어 기획하기로 했습니다.

그리고 조합원들이 재미있게 잘 읽는 노보를 만들자는 원칙을 세우고 조합원과 가족들의 글과 그림이 최대한 많이 실릴 수 있도록 했습니다. 또 딱딱한 글보다는 쉽고 재미있게 볼 수 있는 사진과 만화(만평) 들을 많이 담기로 했습니다. 표지는 조합원 얼굴이 크게 나온 사진(표정사진)을 깔아주고, 안

쪽에도 조합원 얼굴들이 선명하게 나온 사진들을 실었습니다. 또한 부족한 재정은 노보 광고란을 만들어 광고를 실어주면서 받은 수입으로 보태기로 했습니다.

그래, 모두가 읽는 노보를 만들자

그리고 편집은 우리가 컴퓨터로 직접 해보기로 했습니다. 편집 과정에서 어려운 점은 지역단체에 있는 홍보부장의 도움을 받았지요. 그런데 노보 편집이 거의 끝나 갈 무렵 머리말, 꼬리말로 쪽넣기를 해야 하는데 공교롭게도 가는 곳마다 제대로 아는 사람이 없어 일주일 내내 디스켓을 들고 인천 바닥 민주단체라는 단체는 거의 다 헤매고 다닌 적도 있습니다.

처음 노보가 완성되어 우리의 손에 쥐어지던 날, 그때 우리는 산고 끝에 아기를 얻은 엄마들의 마음을 조금이나마 느낄 수 있었다면 웃기는 이야기일까요? 물론 틀린 글씨와 말이 제대로 이어지지 않는 문장도 많았지만 전 집행부 때와 달리 새로운 모습을 드러낸 노보를 보고 많은 조합원이 재미있게 잘 만들었다며 좋아하기도 했습니다. 고생고생 끝에 첫 번째 노보를 만들어낸 후, 그 경험을 바탕으로 두 번째부터는 다른 사람의 도움 없이 기획에서 편집까지 무리 없이 만들게 됐습니다.

열정은 많았지만 몸이 안 따르고

그러나 예상했던 어려움이 다시 다가왔습니다. 그동안 없는 시간 쪼개어 어렵게 활동해왔던 홍보분과 위원들이 지쳐가기 시작했지요. 우리 노조는 부서활동 시간이 특별히 정해져 있지 않기 때문에 잔업하고 지역집회나 노조행사 등에 참여하다 보면 사실 원고를 쓰기 위해 취재나 글을 쓸 수 있는 시간이 거의 없었습니다.

그리고 홍보분과 활동이 노보 제작뿐 아니라, 격주제로 신문(민주영창)도 만들어야 하기 때문에 홍보분과원 모두는 시간에 더욱 쫓기며 홍보일을 해야만 했지요. 그리고 비교적 책임이 많은 홍보부장에게 많은 일거리가 떠넘겨지곤 했습니다. 글쓰기나 편집활동을 한 사람이 감당하기에는 너무나 벅차 노보 내용은 갈수록 부실해져 갔습니다.

몇몇 간부들과 조합원들은 형식만 있는데 내용이 부실해져가는 노보에 대해 지적하기도 했습니다. 그렇지만 시간에 쫓기며 활동하던 홍보분과원들은 열정은 있었지만 글쓰기, 편집 능력은 좀처럼 나아지지 않았습니다. 조합원들도 생활글 같은 긴 글은 써오지 않고 간단한 시, 사진, 그림 내용의 원고만 가져왔습니다.

홍보분과원 중 몇몇은 노조 노래패와 율동에 관심을 갖고 문선대로 활동을 하기도 했습니다. 또 2명의 분과위원이 결혼을 하고 회사를 그만두면서 10명으로 시작한 홍보분과가 5명까지 줄어들고 말았습니다.

우리의 서투른 경험이 쌓이고 쌓이면 선전일꾼으로 자라나겠지요

집행부 임기 1년이 지나자 홍보부장을 제외한 홍보차장 3명이 모두 바뀌고 새로운 부원도 들어왔습니다. 지금 우리는 몇 가지 새로운 사업을 진행 중입니다.

노보가 나오면 노보에 글과 그림, 사진 들을 보내준 조합원들과 함께 모여 간단한 먹을거리를 차려놓고 노보평가회를 열고 있습니다. 또 8천 원밖에 안 되는 원고료를 규약 개정을 통해 조금은 높게 올려 종류와 분량에 맞게 원고료에 차이를 둘 계획입니다. 그리고 5월이나 6월에 임투가 끝나면 조금 무리해서라도 많은 원고료를 걸고 영창노동자 문화제도 열 계획입니다. 이 문화제에 조합원과 가족들까지 참여시켜 글, 사진, 그림 솜씨를 마음껏 자랑할 수 있도록 할 계획입니다. 또 그렇게 모인 작품들을 노보에 몇 차례 나누어 모두 실을 생각입니다.

이처럼 여러 가지 힘든 조건 속에서도 오늘도 우리는 어김없이 〈민주영창〉 신문을 만들어 조합원들에게 나누어줬습니다. 조합원과 간부들은 이번에도 어김없이 틀린 글자가 많다고 지적을 합니다.

그래도 우리는 지치지 않고 6월에 나올 노보를 위해 또다시 바쁜 일정을 쪼개며 준비를 서두르고 있습니다.

이렇게 우리의 서투른 경험이 쌓이고 쌓이다 보면 선전활동에 대한 '짝사랑'이 아니라 진정한 '선전일꾼'으로 자랄 수 있겠지요.

| **전병렬** 영창악기노동조합 홍보부장, 1998년 5월 |

명예퇴직
– 구두닦이

저녁나절
마누라 구두 닦고
퇴근한 아들딸 구두를 광낸다.
내 구두는 신발장에서 잠을 자고 있다.
허나 아내와 자식들의 신발은
닦아주어야 한다.

명예퇴직하기 전
내 구두는 구두다웠지만
이젠 간도 작아진
풀죽은 모습으로
눈치 보며 살고 있다.

파리 낙상하는 구두
아내는 번쩍번쩍

자식들도 번쩍번쩍 바쁘지만
나는 물 젖은 헌 구두짝처럼
구겨진 채 살고 있다.
어깨 축 처진 채 살고 있다.

| **김학균** 외환은행노동조합 인천분회 조합원, 1998년 7월 |

가락국수 먹기
전투를 잊었나요?

아침 러시아워에 투입된 전동차 승무원은 식사를 거르기 일쑤다. 입고 뒤에는 시간이 늦어 먹을 데가 없기 때문이다. 빵과 우유를 사먹는 것도 하루 이틀이지.

그래서 조착 반복역 홈에서 재빨리 가락국수 한 그릇 먹는 것은 유일한 생계 대책이자 또한 애처로운 낭만이다. 하인천역에 도착하자마자 출입문 열어놓고 재빨리 뛰어가 "아줌마! 가락국수 두 개!" 하고 외치고 발을 동동 구르며 기다리면 커다란 함지박에 질질 끓고 있던 국물을 퉁퉁 불은 가락국수 그릇에 붓고 쪽파 서너 개 둥둥 띄워 "오늘 또 오셨수?" 하며 맘씨 좋게 웃는 아줌마는 매일 그 시간에 달려와 먹어주는 기관사와 차장이 25다이아(다이아: 승무원의 근무시간표)인지

30다이안지 다 안다는 투로 말을 건다.

가락국수 한 그릇씩 받아들면 코로 들어가는지 입으로 들어가는지 매운 국물에 콜록거리며 잽싸게 먹어치우는데, 반복 시간이 6분뿐이라 이걸로 한 그릇 때우기 위해서는 대개 몇 가지 숙련된 기술이 필요했다.

첫째, 절대로 지연이 되어서는 안 되고, 앞차 때문에 늦었더라도 최고 속도로 달려 조착을 해야 한다.

둘째, 열차번호 돌리는 것, 행선찰 돌리는 것 들을 마지막 한 구간에 최고 속도로 달리면서도 다 해결해놓아야 한다.

셋째, 차장은 가락국수 막(매점)에서 거리가 멀기 때문에 동인천 역을 출발하자마자 차장 칸을 비워두고 객실을 통해서 앞으로 오고 있어야 한다. 그러기 위해서는 기관사가 인터폰으로 "응, 난데, 앞에서 문 열 테니까 어서 와." 하고 말을 해주어야 그 뒷교번도 함께 탈 수 있는 기관사가 된다. 안 그러면 교번 바꿔버리는 수가 있으니까⋯⋯.

그 운명의 날도 역시 가락국수 먹기 전투가 시작됐다. 동인천을 출발해 종착역으로 가자 기관사는 역시 맘 좋은 목소리로 차장에게 앞으로 오라고 말했고, 차장은 객실을 통해 앞으로 오고 있었다. 그 사이 기관사는 최고 속도로 달리며 행선찰과 열차번호를 바꾸고 있었다. 특히 행선찰은 발판을 딛고 올라서서 작업을 해야 했다. 앞이 보일 리가 없었다. 열차는 빠른 속도로 홈을 통과하여 인천 앞바다 쪽으로 내달렸다. 중국이 좀 멀었기에 망정이지 당시에는 적성국이던 모택동에게 '열차를 몰고 귀순한 동지'로 대접받을 뻔했던 ○○○기관사, 다행히 서해바다로 빠지기 전 커다란 바윗돌로 만든 차지를 들이받고 멈춰 서서 지금은 어엿한 과장으로 호령하며 근무하고 있다.

그때의 차장 역시 지금은 훌륭한 과장이 되어 '교육'을 담당하는데, 버릇처럼 반말지거리를 좀 해서 욕을 먹고 있을 뿐, 구렁이 담 넘어가는 사인도 잘 눈감아주고 시험문제 정답도 대충 커닝을 시켜준다고 해서 '그런대로 괜찮은 과장'으로 일하고 있다.

아침식사 한 끼 제대로 찾아먹으려고 전투하듯 일을 챙겨야 하는 승무원의 애환은 지금도 반복되고 있으니 그건 누가 고쳐야 할 몫인가? 지금은 그 위험에서 벗어나 식사를 하려고 뛰지는 않아도 되는 그 사람들, 자기의 뼈아픈 과거를 멋진 추억으로 바꾸기 위해 과연 해놓은 일이 무엇인가?

상계지회가 '저녁식사 투쟁'을 벌여 겨우 기지마다 '야식 아줌마'를 둘 수 있게 되기까지 그들은 과장의 자리에서, 혹은 과장이 되기 직전 고참의 자리에 있었으면서 그런 식사확보투쟁을 어떤 자세로 지켜보았는가? 개구리가 올챙이 시절 모른다 하듯, 최근에는 바로 그 과장이 현장 승무원이 말하는 '애로사항'에 대해 '그건 저쪽 사무소 소관사항이라서 우리가 뭐라 하기 곤란하다'는 답변을 한 사실이 있다는 점은 과연 어떻게 받아들여야 할까?

그는 자기가 지나온 긴 터널에 대해서 '어휴, 빠져나와서 다행이다. 다시는 들어가지 말아야지.' 하는 심정으로 승무 생활을 회상하고 있는 것인가?

기억하고 도울지어다. 당신들이 가락국수 한 그릇 먹기 위해 열차를 팽개치고 뛰다가 바다 쪽으로 열차를 처박았던 사실을!

| 서울지하철 승무지부 편집위원, 1998년 7월 |

용접공 시절의
유일한 사진

　내가 한진중공업(전 대한조선공사) 용접공이었음을 증명하는 유일한 사진이다. 해고된 지 15년째니 벌써 17~18년 전 모습이다. 그때는 일하는 모습을 사진으로 남길 만큼 가치 있는 일이라고 아무도 생각하지 않았다. 카메라도 흔치 않을 때고…….

　노동조합의 'ㄴ'도 모르던 말 잘 듣는 근로자였을 때, 계장님 한 분이 그때 보급되기 시작하던 자동용접 비드를 찍고 필름이 남았다고 나오라 하길래 점심시간에 작업복도 새 걸로 갈아입고 화이바도 걸레로 닦아서 쓰고 말끔히 세수도 하고 나름대로 꽃단장을 하고 찍었다. 난생 처음 사진사가 마을에 온 날, 남의 옷 빌려 입고 머리에 후까시 넣고 두 손 다

소곳이 모아 찍은 엄마 사진처럼······. 결국 사진이 그것밖에 없어 끝내 영정 사진이 되고 말았지만······.

작업복도 새거나 불똥누더기도 안 보이고, 탱크 안에서 용접을 하고 나오면 이빨만 하얀 숯검댕이의 모습도 비누칠 세수로 말끔해지긴 했지만, 눈 밑에 찍힌 불똥 맞은 흔적은 오갈 데 없는 땜쟁이다.

갈아신을 새 안전화가 없던지라 신발은 누더기 그대로이다. 지금 생각하면 일하던 차림 그대로 일하던 자리 그대로 찍혔으면 훨씬 좋았겠다 싶지만, 그땐 왜 그리 그 모습이 부끄러웠는지······.

사진 오른쪽에 보이는 시커먼 구멍이 탱크 안이고 철판에

꺼멓게 죽죽 줄이 간 자리가 탱크 안 칸막이를 용접한 흔적
이다. 몸이 제대로 펴지지도 않는 그 좁은 탱크 안엘 기어들
어가 온몸이 구겨진 채 귓속으로 목덜미로 파고드는 불똥과
함께 뒹굴던 시절.

불똥을 맞고 뜨거워서 팔딱팔딱 뛰면 등줄기를 타고 내려
간 불똥이 발뒤꿈치까지 상처를 남겨 자기 살이 타들어가는
냄새를 맡더라도 꾹 참는 게 지혜롭게 사는 요령이라고 믿었
던 시절.

그런 모진 극기훈련(?)들이 대공분실과 출근투쟁, 감옥 안
에서 벌어진 무자비한 폭력조차도 견뎌낼 만한 것으로 만들
어왔는지도 모르겠다.

이 더위에도 55°가 넘는 탱크 안에서 무수한 노동자들이
불가마 같은 철판을 껴안고 뒹굴었으리라. 그 당시 너무 더
워서 숨조차 쉴 수 없는 날이면 한 번씩 오던 얼음차를 줄줄
따라다니며 "한 디(덩어리)만 주소." 하면 쇳가루 구덩이에 선
심 쓰듯 던져놓고 가던 얼음덩어리가 원가절감의 대상이 되
었고, CO_2용접과 자동용접이 일반화되어 직업병이 늘어나
고, 노동강도가 훨씬 강화된 게 공장자동화에 생산성 향상이
었고, 개똥밭을 뒹굴어도 이승이 좋더라고 그 정리해고라는
저승으로는 안 떨어지도록 찍소리 못하게 만든 게 구조조정
이다.

직업병과 산재만이 혓바닥을 널름거리는 그 죽음의 아가리 속을 매일 들락거리면서 용케 살아남은 늙고 병든 노동자들이 구조조정의 대상이 되어버린 현실. 기가 막힌 일이다.

| **김진숙** 민주노총 부산양산지역본부 지도위원, 1999년 10월 |

참으로
쓸쓸한 임시직

98년 초, 구조조정 과정에서 퇴사하고, 퇴사한 지 한 달 만에 다시 비정규직으로 입사를 했다. 퇴사할 당시, 각 부서에 감원 대상이 정해진 것은 아니지만 인원은 할당이 되었다. 누군가는 그만두어야 하는 상황에서 나는 명예퇴직을 신청했다. 직장 생활에 몹시 지쳐 있던 나는 퇴직금과 위로금을 받아 다른 일을 해볼 수도 있다는 막연한 기대를 가졌다. 막연한 기대는 어떤 결정을 내리는 데 아무런 역할을 하지 못했다. 한 달쯤 지난 뒤에 회사에서는 비정규직으로 일할 생각이 없느냐고 했고, 나는 흔쾌히 승낙을 했다. 회사에 목매달지 않아도 되는 자유스러움이 좋았고, 정해진 시간만큼만 일을 하고 나머지 시간은 나를 위해 투자한다는 게 매력으로

까지 느껴졌다.

비정규직으로 신분이 바뀌고 난 다음에 내가 가졌던 생각은 그야말로 환상이었다는 것을 깨달았다. 정규직으로 하던 업무와 약간의 차이는 있지만, 근무시간 등 노동강도는 정사원들과 다를 바가 없는데도 임금 수준이 정규직과 차이가 났다.

같은 일을 해도 일에 대한 책임감이 크지 않은 것 또한 사실이다. 전보다 적은 수의 인원이 업무를 하다 보니 자연히 일은 많아지게 되고, 자리도 돌아가며 비워야 하는 탓에 동료와 함께 커피 한 잔 마셔본 기억이 언제인지 아득하다. 이제는 어느 정도 적응이 되고, 일하는 분위기도 좀 나아지고, 구조조정 때 퇴사했던 일부 동료들이 다시 돌아와 임시직으로 일을 하고 있지만 분위기가 편하지 못하다.

정사원들의 업무를 임시직에게 위임하는 것에 대한 불만과 퇴사 당시에 남은 사람과 나가는 사람 사이에 좋지 않았던 분위기가 이어지면서, 시시때때로 술자리를 같이 하던 동료들이 이제는 점심 한 끼조차 마주하기 꺼려하는 모습을 보면서 참 쓸쓸한 기분이 든다. 신분이 바뀌었다고 해서 일을 게을리하는 것도 아니건만, 회사 측으로부터 사소한 부분에서 차별까지 당할 때는 소외감마저 느낀다. 하다못해 명절 때 회사에서 직원들에게 주는 식용유 한 병도 비정규직은 제외가 된다. 점심 한 끼 먹는 회식에서도 제외될 경우엔 서운하다 못해 쉽게 던져버린 사표에 대한 후회가 가슴을 저리게 한다.

이제 조금은 나아졌지만 이미 잃어버린 정신적 여유를 되찾기는 그리 간단하지가 않다.

직원들을 향해 '한가족'이라며 애사심을 부추기던 회사에서 일방적으로 구조조정을 감행하던 때를 생각하면 다시 들어와 임시직이라고 이런 대우를 받는 것에 대해 어쩌면 각오했어야 할 부분인지도 모르겠다.

이런저런 생각에 우울해하고 있을 때 가끔씩 걸려오는 친구 전화에 머리도 식히고 위로도 받지만 수화기 너머 들려오는 "사적인 전화는 어쩌고……." 하는 불호령에 친구는 또다시 서둘러 전화를 끊는다.

창가에 서서 동료와 함께 마시던 자판기 커피 한 잔의 여유, 그리고 따뜻한 말 한마디가 오늘따라 유난히 그립다.

| **김소정** 서울여성노동조합 조합원, 1999년 12월 |

비정규직은 국민이 아니오?

정규직이라고
맘 놓을 수 없다

"저희 노조는 3년 전에 조합원 3만 명 정도였는데, 지금은 3천 명 정도밖에 남지 않았어요. 소사장 제도에 노조가 당했습니다."

"처음에는 주차, 경비용역이라고 하면서 회사 안에 들어오더니 지금은 생산라인에 조합원보다 더 많이 들어와 있어요."

"졸업하고 취직자리가 없어 집에서 빈둥대는데 '유니콘'이라는 회사에서 시간제로 일해볼 생각 없느냐고 해서 이 일을 하게 됐는데, 나중에 알고 보니 제 급여에서 50% 정도를 떼어먹었더라구요."

87년 노동자 대투쟁 이후 노동조합 운동은 물질적 조건을 개선하는 싸움에 주력해왔다. 지금도 총액임금제다, 노총—

경총합의안이다 하는 것 깨기도 바쁜 실정이다. 그런 가운데서 직급 간 격차와 직종 간의 차별로부터 시작된 기업의 구조 변화가 많은 문제를 낳을 게 뻔했음에도 노조들은 적절히 대응하지 못한 게 사실이다.

노동부의 실태조사 결과에 따르면 93년 6월 30일 현재, 유·무허가 직업소개소를 포함해 도급으로 위장한 불법용역, 파견업체가 수천 개에 이르고 있으며, 종사자가 무려 100만 명을 헤아리고 있다. 자본가들이 노동자를 파견직과 정규직으로 나눠놓고 이 이중구조를 바탕으로 고용불안을 가중시켜 노동자에게 항복을 강요하는 것이야말로 파견노동의 근본문제이다.

향남제약공단의 ㅅ제약은 1년여 전부터 생산부서에까지 파견노동자를 채용하기 시작해 지금은 파견직이 되레 정규직의 두 배에 이른다. 이렇게 '배보다 배꼽이 큰 꼴로 파견직을 쓰는 회사 쪽의 직접적인 목적은 노조의 힘을 없애는 데 있다. 정규직과 파견직의 임금 수준이 똑같고, 여기에다 용역회사에 별도로 지불하는 용역비를 감안하면 회사로서는 비용 부담이 더 큰데도 회사 쪽은 파견직을 늘리고 있다. 이에 대한 회사 쪽의 얘기는 "그래도 그게 낫다. 내 돈으로 알아서 하는데 웬 참견이냐"는 것이다.

그러나 파견노동을 동원한 노조 조직 침탈은 매우 심각하다. 이 회사 말고도 대우, 기아, 현대 등의 주요 재벌그룹에서도 파견노동은 정규직을 크게 잠식하고 있는 실정이다.

이와 관련해 지금 국회에 상정돼 있는 '근로자 파견법' 제정을 정확히 바라보아야 한다. 여기서 무엇보다도 중요한 것은 노조의 대응 능력이다. 회사의 경영 내용과 상태를 깊이 있게 연구하고 구체적으로 대책을 마련해야 한다. 때 늦은 감이 있으나 지금부터라도 파견노동, 즉 비정규직을 노예로 만드는 제도를 우리의 손으로 척결해야 한다.

정규직으로의 전환을 요구함과 아울러 노동자 계급 속의 또 다른 계급 구조가 생겨나는 것을 막아야 할 것이다. 자본이 우리 조직을 침탈하는 것을 막아내기 위해서 전면적인 대투쟁을 선언함과 동시에 불법용역 업체들을 고발하고 파견노동자의 처참한 실상을 세상에 알려야 할 것이다. 고용과 관련된 깊이 있는 연구와 노력이 없이는 아무것도 이룰 수 없다는 것도 고민하면서 말이다.

| **안중원** 시설관리노조연합 위원장, 1995년 7월 |

으메 잡것
이게 뭔 일이여!

아니 시상에! 나가 이 시상을 많이 돌아다보았어도 요렇코럼 더러운 일은 처음 보는구먼 그려. 푹신푹신한 의자에 다리 꼬고 앉아서 손가락으로 펜대만 놀리면서도 현장에서 쌔가 빠지게 구슬땀 흘리면서 일하는 우리네 노동자보다도 몇 배나 월급을 받는 놈들이, 아닐씨 여그저그 은행에서 돈 빌려다가 공장 하나 턱 허니 지어놓고 자가용 타고 좋은 옷 입고 으스대며 나다니는 저놈들이 무엇이 아깝아서 그래 현장에서 시퍼렇게 도사리고 있는 직업병에다 산재의 위협을 무릅쓰고 가족 먹여살리고 목숨 이어볼라꼬 죽자살자 일하는 우리네 노동자의 목을 조여오고 있어 시방! ─에라 잡것─

저그놈들은 인사권이다 경영권이다 하면서 노동자의 목을

꽉 움켜쥐고 칼자루를 이리 휘둘고 저리 휘둘고 해싸면서, 우리네 노동자가 권익을 신장하고 생존을 위해 집회 한 번 했다꼬 평생 벌어서 모아도 모아도 채울 수 없는 1억 5천만원이나 손해배상을 청구해! 완전히 개 같은 자슥들이구먼 그려. 아니 쬐까만 따져보더라고. 단 몇 분간 집회했다꼬 아닐씨 하루 왠종일 했다고 치더라도 먼놈의 손해액이 1억 5천만원이나 된다냐! 하루에 1억 5천만원을 치더라도 1년 동안 벌면은 얼매여? 히-오! 5백억이 넘는그먼 그려! 요렇코럼 많이 우리네 노동자가 벌어준다냐. 아니 근디 우리네 노동자가 1년 동안 째가 빠지게 죽자살자 잔업, 특근, 야간, 철야 모두 다해도 얼매나 번다냐! 많이 벌어봐야 천만원에서 왔다갔다 아니겠남. 아녀 천만원도 어렵게 어렵게 겨우 될똥말똥 할 것이여. 그런디 중기2부에서 일하는 조합원이 몇 명이나 된다고. 많아 봐야 3백명 아니겠어. 으메! 그렇다면 한 명의 노동자가 벌어주는 돈이 얼매여, 최소한 1억 5천만원은 벌어주네그려. 그란디!! 월급과 보너스 다 띠더라도 한 사람의 노동자가 요렇코럼 많은 착취를 하면서 그래 집회 쪼까 했다꼬 손해배상을 청구해? 그렇코럼 많이 착취한 것 중에 반을 돌려준대도 시원하지 않을 것인디 오히려 손해배상을 청구하는 심보는 무슨 심보여. 노사평화 말로만 하덜 말고 진정으로 노사평화를 이룩하려거든 손해배상 청구란 것 취소해야 될 것이여, 아닐씨 앞으로 그런 생각조차 하덜 말어!

생산현장에서 독한 연기 마시고 소음공해 직업병에 시달리는 노동자가 안 보여? 계속 그렇코럼 혀 보드라꼬, 우리네 노동자가 잘 사는 세상이 반드시 오고 말 것인께로 말이여, 저 그들 보더라고 저 우렁찬 함성소리 안 들리는감.

자본가들아 너그들 정신차려. 그리고 더 이상 노동자 착취를 하덜 말어. 계속 그런 식으로 한다면 손해배상 청구한 것 몇백 배로 손해를 꽉! 끼쳐 볼랑께, 알아서들 혀. 알것냐 자본가들아!

조합원 동지들 꼭 그렇코럼 혀 봅시다.

| 현대정공 손해배상 청구에 열받은 조합원, 1995년 9월 |

어느 술팔이 노동자의 생활

출근시간

"○○○ 기사, 요새 매일 지각하는 거 같애."

사장놈이 엷은 미소를 띠고 비아냥대듯이 말했다. 옆에 있던 낙하산 타고 내려온 창고장이 사장 눈치를 슬슬 보면서 신경질 투로 덧붙인다.

"구매 갔다 와서 배송 나가려면 일찍 출근해야지."

나는 속으로 '씨도 안 먹히는 소리를 하고 앉았네. 씨팔.' 하며 욕을 내지르고 기사대기실로 내려왔다. 쥐새끼들 왔다 갔다하는 기사대기실 벽시계가 9시 30분을 가리켰다.

"퇴근시간도 안 지켜주면서 무슨 놈의 출근시간을 지키라고 지랄들이야."

"정시 퇴근 시켜줘 봐. 9시, 아니 8시 반까지 칼같이 출근할 테니까."

"이건 배송 끝나는 시간이 퇴근시간이니. 매일 9시 아니면 10시야. 빨리 끝나야 7시 반, 8시라고. 그런 날은 열 손가락도 안 되지."

뭐, 시간외 수당 받지 않냐고.

"아! 그것도 수당이라고 주는 거냐. 봉급에 형식적으로 얼마 정해서 주는 것도 수당이냐? 수당으로 주려면 정확히 시간당 얼마씩 정해서 줘야 할 것 아냐? 그리고 그깟 수당 안 받을 테니 정시에만 퇴근시켜줘."

혼자 허공에다 또 떠들어댔다.

옆에 있던 우리 공병장님 왈, "꼬우면 공무원 해."

노동강도

술집이나 소매점에서 술을 먹을 때나 살 때, 이 술이 어떤 과정을 거쳐 소비자 손에까지 올 수 있었던가를 한번이라도 생각해본 적이 있는 사람에게 영광 있으라?

우리는 이 술짝들과 매일같이 씨름한다. 500㎖ 병맥주 한 짝은 20kg 정도 나가고, 640㎖ 병맥주 한 짝은 25kg 정도 나가며, 소주 40개들이 한 짝은 30kg 정도 나간다. 우리는 보통 하루에 적게는 100짝, 많으면 200짝, 250짝까지 배송한다.

화물차에 단순히 상차, 하차하는 것도 보통일이 아니다. 그것도 우리 회사는 각자 개인이 다한다. 자기 구역량은 자기가 알아서 상차해야 한다. 배송도 마찬가지다. 인건비 아끼려고 창고보조나 기사보조는 아예 뽑지도 않는다. 그 많은 노동을 기사 한 사람에게 떠맡기는 것이다. 배송량이나 적으면 다행이지요. 점심 먹고 10분 이상을 쉴 수가 없다. 거래처 배송 나가도 몇 분이나마 여유와 짬을 내기가 힘들다. 그래도 이런 건 그럭저럭 견딘다. 그런데 견딜 수 없는 건 거래처가 지하에 있을 때 '까대기'로 등짐을 져서 내려주는 경우다.

한두 짝도 아니고 10짝 미만도 아니라 평균 30~40짝을 까대기로 그것도 혼자(영업부나 사무직원이 시간이 나면 가끔씩은 도와주지만) 다 내려야 한다. 유흥업소 상대가 아니라 동네 슈퍼나 아파트 지하상가의 큰 매장을 상대하기 때문에 보통 한 번 주문에 많은 양을 시킨다. 많을 때는 한 거래처에 60짝까지 혼자 까대기로 나른 적도 있다. 재수 없는 날은 지하 거래처가 두세 군데 겹쳐서 배송하는 날이다. 이런 날 일 끝나고 집에 가면 허리 통증으로 잠도 못 잔다. 그 다음날 회사에 오면 걷기도 힘들고 술 한 짝 들기도 겁나서 배송 못 한다고 뻗대면 회사 측에선 아무런 대책도 안 세워준다. 배송량이 많은 걸 뻔히 알면서도 보조 인원을 적극적으로 뽑지도 않는다.

사장의 경영 방침은 최소의 노동력으로 최대의 배송량을

소화해내는 것이다. 우리 기사들 허리만 혹사당하는 것이다. 사장은 우리가 매일 들고 나르는 것이 무슨 종이박스나 솜방망이나 되는 줄 아는 모양이다. 육체노동의 경험이 없고, 어느 정도의 정신력이 없으면 한 달 아니 보름도 견디기 힘들다. 나는 어느새 6개월이 넘게 있지만 내가 입사한 뒤로 새로 입사한 기사들이 대여섯 명 정도 있었는데 한 달 이상을 견딘 사람이 없다.

동료 기사들은 절망 속에서 엉뚱한 해결책을 찾고

열악한 노동조건 속에서 장시간 노동을 하면서도 우리 기사들은 아무 불만이 없는 듯이 무표정하게 일만 열심히 한다. 회사 전체가 한 달에 한두 번 회의라는 것을 하지만(그것도 사장이나 간부들이 자기네들 필요에 따라 소집한다) 말이 회의지 회의가 아니다. 사장 지시나 자기가 만든 방침이나 일방적으로 통보하고 훈계하는 게 무슨 회의인지 모르겠다. 간부들도 우리 기사들이 지각, 조퇴, 결근이 잦으면 사장한테 욕먹지 않으려고 회의를 소집하지만 우리 기사들의 불만을 대변해서 사장한테 건의한 적은 한 번도 없다.

내가 이상하게 여긴 건 이런 사장이나 간부들의 태도가 아니라 기사들의 태도다. 회의 자리나 회사 생활에서 자신들의 불만을 털어놓거나 개선을 건의하는 것을 보지 못했다. 우리

기사들이 불만을 토로하는 때는 우리 기사들끼리 만나서 술 먹을 때뿐이다.

우리 기사들은 자신들의 모든 불만과 요구를 엉뚱한 곳에서 해결하고 있었다. 몇몇 기사들은 떳떳치 못한 거래관계에 빠지게 되는데 거기에는 회사가 나의 노동력을 빼앗는다면 그렇게 해서라도 보상받겠다는 마음이 깔렸다. 이런 방법으로 우리 기사들은 어쩔 수 없이 폭발 직전의 불만과 욕구를 해결해나간다. 물론 모든 기사들이 다 부정한 방법에 따르지는 않는다. 혹독한 노동조건 속에서도 자기 일만 열심히 하는 기사들도 있다. 이 사람들을 보고 고지식하고 양심비대증에 걸린 사람이라고 비웃는 것도 올바른 태도가 아니다. 하지만 음성적인 방법을 이용하는 기사들 문제도 역시 똑바로 볼 일이다. 기사들이 힘을 모아 공동으로 대응할 길이 좌절되어 그렇게 저마다 음성적인 방법에 빠지게 되는 측면도 있기 때문이다.

사장은 적자라고 하는데

우리 사장은 말끝마다 적자라 한다. "우리 기사들도 우리 회사 회계장부를 한 번씩 봐야 회사 어려운 사정 알 텐데." 하고 말한 적도 있다. 우리 기사 중에 이 말 믿는 사람 없다. 왜냐하면 일을 그만큼 많이 해주기 때문이다. "그만큼 혹사

시키면서도 적자면 회사 문 닫아야지"라고 말한다.

한번은 경리 아가씨하고 술 먹으면서 물어봤는데 회계장부상 명백히 적자라 한다. 영업부장도 이익이 적고 수금이 안되기 때문에 현재로서는 흑자 나기가 힘들다 한다. 경리나 영업부장도 이런 얘기를 하니 전혀 안 믿을 수도 없다. 내가 생각하기에 회사가 적자 나는 게 사실이라면 사장이 너무 방만하게 운영하기 때문이다.

사장은 마진이 적으니까 거래처도 결제조건 따지지도 않고 무조건 많이 늘려 배송물량을 늘려서 운영하는데 매출이 많은 건 좋지만 수금이 제대로 안 되니까 자금 회전이 안 되는 문제가 생긴다. 또 회사에 물건 대주는 메이커에서 너무 많은 물량을 선 구매로 요구하는 것도 자금 압박의 한 요인이 된다. 수금을 잘 안 해주는 것은 경기가 안 좋아서 그런 것도 있지만 거래처가 많아서 관리하기가 힘들고 배송량이 많기 때문에 제 시간에 제 위치에 갖다 주는 서비스를 기사들이 감당할 수 없어 거래처에서 이것을 핑계로 삼는 경우가 많기 때문이다. 기사들은 거꾸로 수금을 안 해주는 거래처에 그것을 핑계 삼아 자기가 편한 시간에 편한 자리에 갖다 준다. 그러니 그런 곳은 제일 늦게 갖다 주게 되고 창고 안에 넣어주지 않고 바로 앞에 내려주게 된다.

신명나는 직장, 일터를 기대하며

우리 기사들은 사장이나 관리자들한테 인사하는 법이 없다. 아침에 출근할 때나 저녁에 퇴근할 때 거의 인사를 하지 않는다. 기사들끼리도 서로 인사를 안 한다. 물론 기사들은 같은 입장에 있기 때문에 서로에 대해 솔직하고 술자리에서는 허물없이 지내지만, 이상하게 회사 생활에서는 서로가 거리감을 느낀다. 우리 회사는 사장이 기사들을 소중히 여기는 분위기가 없으며 우리들의 고통을 알려고 하지 않으며 기사들도 사장을 존중하는 분위기가 전혀 없다. 중간 관리자도 제 한 몸 지키기에 바빠 제 역할을 안 한다. 전부 다 각자 따로 노는 것이다. 사장이나 기사나 모두 회사를 돈 버는 수단으로만 본다. 회사는 돈 나오는 기계일 뿐이고 각자 그 기계를 돌리고 한 달 되면 그 기계에서 돈을 받는다. 그게 전부다. 그러니 이제 남은 일은 이 이상한 기계에서 도망가든지, 아니면 기계와 함께 미쳐가든지. 둘 중에 아무것도 못하면 이 기계를 바꿔가든지.

우리 술팔이들에게 용기와 지혜를!
전국의 술팔이 노동자들에게 건강과 단합을!

| 술팔이 노동자, 1996년 3월 |

노동법개정투쟁 승리로 가는 길

싸니전기 노보 '현장의 소리' 1993.

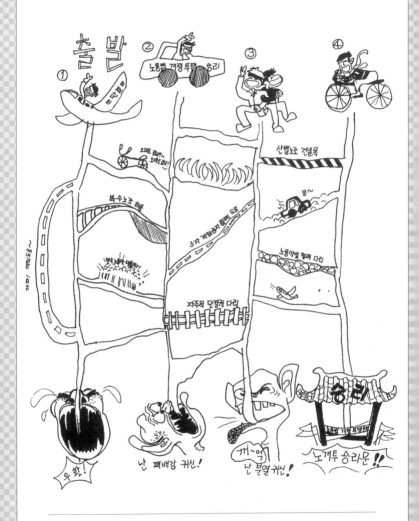

시간이
돈인 인생

툭하면 사고였어요

어떤 때는 배달하러 빌딩에서 엘리베이터를 타면 아가씨들이 제 옷을 보고 킥킥 웃어요. "어! 빨리빨리네." 그러면 이제는 기죽지 않고 이야기를 해요. "아이구, 아가씨 빨리빨리 안 잊어버리겠어요. 앞으로 많이 이용해주세요." 하면서 홍보 딱지를 줘요.

제가 이 일을 한 지 2년 가까이 되는데 이 업종에서는 제일 고참이죠. 지금은 자리가 잡혔는데 처음 여기에 들어와서 3개월 동안은 고전을 많이 했어요. 제가 화물차며 버스며 안 다뤄본 것이 없는데 오토바이는 다르거든요. 툭하면 사고였어요. 사고라는 게 대부분 접촉 사고죠. 그것도 80%가 우회

전하는 차량과 박는 거예요. 한번은 대형 사고도 났죠. 앞에 가는 소나타 승용차를 들이받아 갈비뼈 나가고 다리 부러지고 해서 수술까지 했어요. 그러고서도 또 일하러 나갔어요. 그런데 보통 사람들은 그 정도면 안 나와요. 무섭죠.

3개월이 넘으니까 사고가 피해다니더라구요. 숙달이 되니까. 사실상 가장 무서워하는 것이 택시나 버스인데, 아무나 사람 있으면 급정거를 하니까요. 그래서 사고가 피해간다는 것이 뭐냐면은, 제가 먼저 알아요. 급정거한다는 걸. 이제는 바퀴만 봐도 알아요.

저는 이 일을 하기 전에 대한항공계열사에서 운송 일을 했고, 또 7년 동안 엿 공장에서 엿 팔러 전국을 돌아다닌 적도 있어요. 거의 안 가본 데가 없어요. 이삿짐센터 일도 했고, 하여튼 죽 운송 일만 해왔어요.

이 일을 하면서 많이 안정이 됐지만 사실 회의도 많이 들죠. 병원에 입원했을 때 이 일을 때려치워야겠다고 생각했어요. 다른 운전을 할 수 있는데 왜 구태여 내가 이 직종을 택했나? 사실 엿 공장에서도 크게 사고 나서 고생을 했는데 다시 이런 일을 하는 게 뭐겠어요. 생활이 그러니까요. 애가 둘이에요. 7살, 5살이거든요. 애들 있으니까 병원에 입원해 있으면서도 쩔룩쩔룩 거리면서도 나와서 일을 했어요. 그리고 제가 여기서 나오면 할 게 뭐가 있습니까. 또 운전밖에 없어요.

저희들 처지에서는 오로지 돈이거든요. 돈으로 안정된 가정을 생각할 뿐이지 여기에서 기술을 배우거나 하는 것은 없어요. 제가 한 달에 35만 원을 회사에 입금하고 180만 원에서 200만 원 가져가요. 젊었을 때 많이 벌자는 거죠. 다른 데 가도 운전은 그 월급이 그 월급이거든요.

자부심을 갖고 일해요

"굉장히 빨리 오셨네요." "수고하셨습니다." 그런 얘길 들을 때와 "어, 왔어요." 아니면 "놓고 가세요." 그렇게 딱 잘라 말하는 것하고는 천지차이거든요. 저희들도 느끼는 게 있어 "감사합니다." 그럴 때 굉장히 보람을 느껴요. 다른 건 없어요. 우리가 진짜 일하면서 크게 보람된 건 그냥 서로 인사 주고받는 것, 인격 대우를 해주는 거예요. 사실상 그게 아무것도 아니지만 저희들한테는 굉장히 중요한 거거든요. 한번은 롯데호텔에서 시사회에 쓸 비디오를 전해달라는 주문이 있었어요. 몇 시까지 도착 좀 시켜주세요, 하데요. 넉넉한 시간이어서 5분 일찍 갔어요. 굉장히 고마워하면서 돈을 더 주더라구요. 돈보다도 그런 소릴 들었을 때 참 고맙고, 책임을 다했을 때 기분이 좋죠.

저희들은 지방까지 하루에 다 마무리가 되거든요. 서울 시내에서는 많이 늦어야 한 시간 반. 회사에서 주문받아 곳곳에 있는 우리들에게 무전을 쳐요. 그러면 물건을 받아서 거의 한 시간 안에는 배송이 돼요. 저도 일하면서 놀래요. 강북에서 강남으로 넘어오는 데 15분밖에 안 걸려요. 저희들이 교통위반은 좀 하겠지만……. 때로는 늦을 때도 있겠죠. 차가 밀리면 그런데 그런 일은 거의 없어요. 시간이 생명인 서비스업이라 그런 일이 생기면 주문이 떨어지거든요.

배송비는 강북에서 강남으로 넘어가는 데 8천 원, 9천 원. 단골은 7천 원도 받고 그래요. 지방은 수원까지 3만 원. 서울 어디서나 3만 원이죠. 서울 지역 안에서는 기준이 있습니다. 마포, 종로, 잠실, 서초, 이런 식으로 구역이 나뉘어 있고, 그 구역마다 가격이 정해져 있어요. 또 배송하는 지역이 중요한 거지 픽업장소(물건을 받아가는 곳)가 중요한 게 아닙니다. 그런데 고객들은 그렇게 생각하지 않죠. 바로 요기서 요긴데 돈을 다 받냐고 항의할 때도 있죠.

하루에 전체 주문량이 500건 이상이에요. 그만큼 수요가 많으니까 비슷한 회사들이 많이 생겨요. 용산전자상가만 해도 50개가 넘는다는 얘길 들었어요. 서울 시내만도 10명 정도인 작은 회사까지 치면 몇백 개 될 거예요. 배송 일을 하다가 마음 맞는 사람들끼리 회사를 하나 내는 거죠. 저희 회사는 80명 정도 되니까 큰 회사죠. 새파랗게 젊은 사람도 있고, 60이 넘은 분도 같이 일해요. 하지만 서로 한 달에 한 번 정도 볼까 말까예요. 아침에 출근한 순서대로 주문을 받아가지고 일 나가고, 또 현장에선 무전으로 바로 주문을 받아 배송하니까.

저희들 일은 쉽게 말해서 용달 식이죠. 차주가 주차장에 주차비용을 내고 대기하다가 회사에서 일 소개가 들어오면 해주는 거죠. 그래서 일을 받은 순간부터 자기 사업이 되는 식이지요. 오토바이도 대부분 자기 게 있고, 배송하다가 물건을 잃어버렸을 때나 파손되었을 때에도 모두 우리가 책임지게 되는 거지요. 그래서 사실 벌이가 좋아도 쉬운 일은 아니죠. 사고만 안 나면야 돈을 벌 수 있지만 사고 나면 도로나무아미타불 되는 거죠. 또 법으로 이 일이 아직 보장받고 있지 못해요. 회사는 서비스업으로 등록해서 운영하지만 저희 오토바이 운송은 운송업으로 취급받지 못해요. 그러니까 보험도 안 되고……

그래도 저는 여기에 초창기부터 있다는 자부심으로 일해오면서 앞으로 계속하면 저도 나름대로 기반을 잡는 거고, 이 사업이 흥했으면 흥했지 망하지는 않을 거라 믿으니까 열심히 할 뿐이죠.

| **설치환** 빨리빨리서비스, 1997년 6월 |

절름발이 노조가
똑바로 걸을 때까지

갓 서른이 된 제게는 올해 이루고 싶은 것이 두 가지 있습니다. 하나는 결혼 2년 6개월이 넘은 지금, 제가 사랑을 베풀 수 있는 아기를 갖는 것이구요, 또 하나는 우리 노동조합이 3년이 넘도록 체결하지 못하고 있는 단체협약을 우리의 힘으로 쟁취하는 것입니다.

3년이 된 노조가 단체협약이 없다? 아마 이상하게 생각하는 분들도 있을 겁니다. 그러나 그것이 이랜드 노사관계의 현실입니다. 3년이 넘었지만 아직 노조 인정 싸움이 끝나지 않은 것이지요. 실제로 창립 초기 800명에 이르던 조합원은 회사의 갖은 탈퇴공작으로 200명 정도밖에 남지 않았습니다. 노조 탄압에 맞서 가장 열심히 싸우다 해고된 1대 사무장은 2년이 다 되도록 복직은커녕 복직을 위한 대화조차 못하고 있습니다. 또 다른 현장 간부는 번번이 승진시험에서 떨어지더니, 시험에 합격하자 이제는 인사고과 때문에 승진을 못하고 있습니다.

그동안 집행부들은 울분을 참지 못한 선도투쟁을 많이 해왔습니다. 200일이 넘는 밤샘농성, 삭발, 단식……. 그러나 직원들은 회사와 조합의 힘겨루기에서 눈치만 볼 뿐이었습니다. 솔직히 3년 동안 노조 간부 자리를 굳게 지켜온 저에게는 매우 부끄러운 현실입니다.

위원장님을 비롯한 집행 간부들은 해고와 구속을 무릅쓰겠다는 결의를 했습니다. 그러나 일사천리로 잡은 투쟁 계획은 대의원대회에서 또 한 번 식어버렸습니다. 현장 간부들과 온도 차이가 있었던 것이지요.

그때부터 모두 함께할 수 있는 계획으로 만들려는 노력을 시작했습니다. 늘 야근과 지방출장이 많고, 새벽 일찍 출근해야만 하는 간부들이지만 일주일 동안 합숙훈련을 시작했습니다. 다양한 고민들을 쏟아내어 같은 목표를 정하고, 함께하는 실천 방법들을 찾기로 한 것이지요. 날마다 밤늦게까지 서로를 열어보이면서 우리는 조금씩 변화되었습니다.

운영위원회도 잘 나오지 않던 간부가 매일 얼굴을 보였습니다. 새로 뽑힌 대의원은 가장 열의 있게 발언하며 성실히 현장의 의견을 전달했습니다. 계약직 조합원은 우리가 놓치기 쉬운 부분을 잘 지적해 주었습니다. 마치 노동조합을 만들기 위해 몰래 여관에서 일주일 합숙을 하며 가슴 졸이던 그 시간이 다시 온 듯했습니다. 노조가 뭔지도 모르면서 노조를 만들겠다고, 참 겁 없던 시절이었습니다. 지금도 그렇지만.

저는 이번 단협투쟁이 노동조합을 다시 만드는 일이라는 생각으로 일하고 있습니다. 이제까지 노동조합이 겉모양은 갖추었지만 노조로서 중요한 권리를 행사하지 못한 절름발이 노조였다면, 이제는 완전한 모습을 갖춘 진짜 노조가 되고 싶습니다. 우리가 할 수 있는 모든 권리를 다 찾아 쓰면서……

3년 동안 단협을 위한 교섭만 실무·단체교섭을 모두 합해서 100번도 더 했을 것입니다. 그러나 90개가 넘는 단협 조항 중에서 30개가 넘게 아직 타결될 실마리가 보이지 않고 있습니다. 그렇다면 어느 조합원의 말처럼 합의할 때까지 계속 교섭만 하고 있어야 할까요?

많은 국민들이 박수를 보냈던 노동법 개악 철회를 위한 노동계 총파업, 그러나 우리 노조는 함께할 상황이 아니었습니다. 간부들이 집회에 참석해 최루탄을 마시는 것이 전부였습니다. 깃발을 앞세워 함께 참석한 다른 노조의 조합원들, 그들이 부러웠습니다. 그리고 다음에는 다른 동지들과 어깨를 나란히 하면서 사회를 바꿀 노동자들의 목소리에 한몫 보탤 날을 생각하면 가슴이 떨려옵니다. 많이 지쳐있긴 해요. 그러나 새로운 설렘이 더 많습니다. 절름발이 노조가 똑바로 걸을 때까지 함께할 동지들을 생각하면 말입니다.

| **홍윤경** 이랜드노동조합 사무국장, 1997년 3월 |

대학강사도
노동자라고요

'대학강사'가 어떻게 노동자입니까? 많은 사람들이 여기에 의문을 가지고 있으며, 실제로 강사들도 스스로 자신을 노동자라고 별로 실감하지 못하고 있는 것도 사실입니다. 몇 년 전에 강사들의 지위에 대해서 노동부에 질의서를 보냈는데, 노동부에서는 강사를 '일용잡급직'이라고 규정했습니다. 그래서 저희 강사들은 '전국대학강사노동조합'을 만들었던 것이지요.

가방끈이 길다는 이유로 노동자가 아니라고 하지만 강사들의 생활은 막노동판에서 일하는 노동자보다 못합니다. 학생들이 내는 과제물 겉표지에 담당 교수 이름을 적는 자리가 있는데, 언젠가 한 학생이 거기에 '최영갑 강사'라고 써서 내었습니다. 처음에는 '강사'라는 호칭을 사용한 학생을 괘씸하게 생각했지요. 그런데 곰곰이 생각해보니 저는 분명히 '교수'가 아니었고, 다만 강사라고 부르는 것에 익숙하지 않았던 것입니다. 그런 일이 있은 후로 저는 오히려 교수라는 표현을 거북하게 생각하게 되었지요.

대학강사는 우리 사회에서 흔히 교수가 되기 전 단계로 알려져 있고, 그렇기 때문에 강사들은 미래가 보장된 것처럼 여겨졌던 것이 사실입니다. 그러나 지금 대학강사들의 처지는 그렇지 못합니다. 의료보험도 안 되지요, 예비군 훈련이 나오면 휴강을 해야지요, 상여금은 물론 보통 사람들이 생각하는 월급이라는 것도 강사들에게는 없습니다. 제가 지난 1학기에 네 학교에 강의를 나가서 한 달에 벌어들인 수입은 110만 원입니다. 그런데 방학 때는 수업이 없으니까, 더 정확히 계산하려면 이것을 6개월로 나누어야 하고, 그러면 약 73만 원 정도 됩니다. 그 돈을 고스란히 다 집에 가져다주면 그래도 다행이지만, 그렇지 못합니다. 학생들에게 인쇄물을 나눠줄 경우 제 사비를 털어서 복사를 합니다. 어떤 때는 1시간 강사료(2만 800원)보다 많은 돈이 들 때도 있었습니다. 그렇다고 학생들이 그런 저의 사정을 알아주는 것도 아니지요.

이렇게 한 학기가 지나고 방학이 되었을 때는 정말 막막합니다. 제 아내는 네 살짜리 아이와 백일이 갓 지난 아이를 키우느라 맞벌이를 할 수 없는 상황입니다. 물론 능력도 없으면서 무슨 애를 낳았냐고 한다면 할 말은 없습니다. 어쨌든 방학 동안에는 다른 부업을 찾아서 생계를 꾸려나가야 하는 것이 저희 강사들의 현실입니다. 내 집 마련을 위해 저축을 한다거나 문화생활을 한다는 것은 꿈 같은 얘기일 뿐입니다. 벌써부터 걱정이 되고 있는 2학기에는 1주일에 4시간 강의를 할 예정입니다. 월수입은 약 30만 원 정도밖에 안 됩니다.

우리나라의 대학교육에서 강사들이 차지하는 비중은 전임교수의 비중과 비슷합니다. 학문을 연구하는 측면에서도 서로 똑같은 일을 하고 있지만 교수들이 받는 대우와 저희들이 받는 대우는 엄청난 차이가 있습니다. 강의를 하기 위해 학교에 가도 수업 준비를 할 연구실은 물론이고 강의 중간에 쉴 만한 곳도 없습니다. 비가 오는 날이면 더욱 볼 만하지요. 100원짜리 자판기 커피를 뽑아들고 강의실 한쪽에 쭈그리고 앉아 홀짝거리며 커피를 마시는 모습을 보고 누가 학생을 가르치는 선생님으로 보겠습니까? 이런 아들의 생활을 지켜보시던 어머님께서 푸념처럼 "돈을 주고라도 교수가 될 수 있다……" 하고 말씀하시는 것을 들었을 때는 정말 참을 수 없었습니다. 부모님의 심정을 헤아리기 전에 이 지경까지 오게 된 교육 현실에 분노하지 않을 수 없었습니다.

이렇게 열악한 환경에서 인내하며 강의에 전념하는 강사들을 보며 대학교육의 정상화와 세계화를 외쳐대는 사람들은 무슨 생각을 할까요? 같은 일을 하고 있는 대학교수들조차 강사들의 처지를 이해하지 못하고 있는 현실은 더욱 강사들의 마음을 어둡게 만듭니다. 대학강사를 위한 제도가 마련되지 않고서는 대학교육의 정상화를 말할 수 없을 것입니다. 강사들은 보통 6개월 위촉을 받습니다. 그런데 강사료는 4개월만 지급되지요. 강사들이 연구에 전념할 수 있도록 최저생계비는 물론이고 신분 불안정의 문제를 해결하는 것이 대학교육을 제대로 할 수 있는 지름길이라고 생각합니다.

보람을 느낄 때도 많습니다. 그러나 그것은 순간일 뿐이죠. 그나마 수업이 끝날 때 쏟아지는 박수 소리를 들으며 스스로 위안을 삼기도 하고, 스승의 날이라고 꽃을 달아주고 '스승의 은혜'를 불러주는 제자 아닌 제자들이 있어서 위안을 삼고 있습니다. 제 자식이 만약 저와 같은 길을 간다면 말릴 수는 없지만 일부러 권하지는 않겠어요. 힘들고 외로운 길을 가는 것은 저 하나로 충분하니까요.

| **최영갑** 대학강사, 성균관대학교 강사노동조합 총무국장, 1997년 8월 |

나이 육십에
데모도 다 해보고

6월 3일 대구다운 찜통더위가 기승을 부릴 점심때 즈음 민주노총 대구지역본부 사무실로 할아버지(?) 다섯 분이 찾아오셨다. 한눈에 보아도 산전수전 다 겪은 고생살이가 얼굴 주름살마다 엿보였다. 주택공사 아파트 경비원 생활만 20년 이상을 해온 분들이었다. 그런데 주택공사에서 6월 말일자로 전원 해고시키고 용역경비로 대체하게 되어 노동조합을 만들어 맞서 싸우겠다고 했다. 대부분 나이 60을 바라보는 경비아저씨들은 여기서 나가면 용역경비원으로 가든가 아니면 달성공원 언저리를 떠돌 수밖에 없는 사정이라고 했다. 절박했다. 인생의 마지막 일터를 지키는 문제였다.

6월 5일 노조가 결성되고 조합원들의 가입이 속속 늘어갔다. 12명이 중심이 된 노조는 일주일 만에 60명으로 늘어났다. 노조는 대구의 산격주공, 월성주공, 외인주공, 구미의 황상주공, 경주의 용강주공아파트 들에서 일하다가 정리해고를 당하게 된 조합원들에게 마지막 희망이었다. 그러나 노조가 결성되자 아파트 관리소장들은 앞장서서 탄압하기 시작했다. 못 배우고 주눅 들며 살아온 조합원들에게 "노조에 가입하면 파면조치되어 퇴직금도 못 찾는다" "이미 다른 지역에선 다 끝난 문제이니 소용없다"며 노조탈퇴서와 사직서를 강제로 받았다. 또한 입주민들에게 방송과 통신문을 보내 "용역경비가 들어오면 관리비가 4천 원, 5천 원 절감되는데 노조가 이를 방해하려 한다"며 '관리비 인하 용역대체 입주민 서명'을 받았다. 그러자 아파트 일부 통반장들은 조합원들에게 "우리가 내는 관리비 우리가 적게 내자는데 경비원 주제에 너희가 뭔데 방해하느냐. 나가라"며 삿대질과 욕설을 퍼부으며 20년을 같이 지내온 입주민들이 하루아침에 등을 돌렸다.

분노와 안타까움에 조합원들은 흔들렸다. '씨발, 까짓 거 때려치우면 될 거 아냐'며 자포자기한 조합원들에게 관리소장은 금반지와 회식비를 주며 사직서를 받았다. 60명 중 27명이 사직서를 썼다. 고층 아파트에서 떨어지는 병에 머리를 맞아 몇 달씩 병원 신세를 지면서도 놓지 않았던 경비직. 일부 주민들의 술주정과 행패도, 허구한 날 고장으로 엘리베이터에 갇힌 주민들의 아우성도 묵묵히 받아내었던 세월. 계단에 토해놓은 오물을 누가 보기 전에 치워놓아야 했고, 심지어 투신자살한 끔찍한 시체까지 치우던 그 생활 속에서 그래도 안정된 직장이라 자식 셋을 모두 대학 보냈다는 자랑스러움에 떳떳했던 일터가 하루아침에 송두리째 날아갔다. 그러나 그것도 모자라 정부출연기관인 주택공사는 경비아저씨들과 똑같은 영세민, 서민 들을 서로 이간질시키고 싸움을 붙였다.

주택공사 경북지사의 노무 담당을 하던 부지사장은 주택공사노조 초대 위원장을 지냈던 사람이었다. 교섭권을 위임받아 세 차례나 민주노총 대구지역본부와 노조가 함께 교섭에 들어갔지만 공사는 대화로 풀자며 시간을 끄는 한편으로 노조 탄압에 광분했다. 더 이상 교섭은 의미가 없었다. 6월 27일 교섭결렬을 선언하고 쟁의조정 신청을 냈다. 그러나 7월 1일 주택공사는 예정대로 경북지사 관할 경비와 청소요원 68명을 모두 해고했다.

이에 노조는 2일부터 주택공사 경부지사 앞에서 무기한 농성에 들어갔다. 35°를 넘는 대구의 찜통더위 속에서 조합원들은 난생 처음 빨간 머리띠와 몸벽보를 붙인 채 "전우의 시체를 넘고 넘어" 노래를 불렀다. "정리해고 결사반대" "20년을 일했는데 집단해고 웬말이냐" 목이 터져라 구호를 외치는 조합원들의 얼굴은 더위와 분노로 벌겋게 달아올랐다. 사복 형사와 공사 직원들이 에워싸고 조롱과 협박을 하였지만 60년 동안 패인 주름살보다 더 깊은 원한과 서러움을 밀어내진 못하였다. 누구처럼 수백억, 수천억 뇌물로 썩은 뒷거래를 한 적도, 누구처럼 온갖 잘난 이빨로 사천만 국민을 속인 적도 없는 이 땅의 낮은 곳에서 겸손하게 세상을 올려다보며 살아온 선량한 사람들. 그 사람들의 눈에서 피눈물을 흘리게 만드는 그 어떠한 명분도 정책도 정당할 수 없다.

하루, 이틀, 사흘…… 더 이상 물러설 곳 없는 노조의 투쟁은 지금도 계속되고 있다. 마치 골리앗과 다윗처럼 거대한 주택공사와 경비아저씨들의 싸움은 끝도 없이 계속되고 있다. 그러나 우리는 믿는다. 평등과 정의를 이 땅에 세우는 싸움은 기필코 승리하리라 믿는다. "야, 참말로…… 나이 60에 데모도 다 해보고…… 정말 인생 새로 사는 기분이다 카이" 그동안 억눌려왔던 그 깊은 응어리를 풀어내며 한 늙은 조합원이 힘껏 쥐어보인 주먹은 굽힐 수 없는 우리의 희망으로 깊이깊이 새겨졌다.

| **이철수** 민주노총 대구지역본부 교육선전국장, 1997년 8월 |

노가다가
밑바닥 직업이라구요?

저는 89년 봄부터 건설 일을 시작했어요. 일을 처음 시작할 때는 일용직이란 게 뭔지도 몰랐지요. 생계 때문에 건설현장에서 일을 하려고 용역회사를 찾아갔어요. 그 당시에는 용역회사가 동대문구에 딱 한 군데밖에 없었어요.

처음에 나가서는 데모도를 했어요. 건설현장에서 뒷일을 하는 건데 벽돌 지고 사모래 개면서 보름 정도 일을 했습니다. 나가서 일을 하다 보니까 처음에는 몰랐는데 무척 힘이 들었지요. 그래서 오래 할 일은 아니라는 생각이 들더군요. 차라리 일을 계속할 거면 기술을 배워서 하는 게 나을 거라고 생각하게 되었죠.

그 뒤 청량리에 있는 보일러 가게에서 일을 시작하게 되었습니다. 물론 일당제였습니다. 집수리하고 보일러를 설치하는 설비 가게였는데 적성에 맞겠다고 생각되어 1년 정도 일을 하게 되었습니다. 처음에는 일당으로 1만 5천 원을 받았습니다. 나중에 1만 8천 원, 그리고 2만 원으로 올랐지요.

1년 정도 넘게 설비를 하다가 더 배우고 싶은 욕심도 있고 해서 90년 겨울쯤 3년 정도 다른 데를 돌아다녔습니다. 설비는 보일러 시공, 상하수도 설치, 수도꼭지 설치, 변기 설치를 합니다. 저는 현재 보일러 시공 2급 기능사도 따고 차도 사서 일용으로 일을 하고 있습니다. 이제는 제가 오야지를 하기도 하고 오야지 밑에서 일을 하기도 합니다.

건축과 관련된 일들은 대부분 월급제가 아니라 일당제입니다. 일이 있을 때는 일을 시키고 일이 없을 때는 일을 안 시키고 돈을 안 주는 거죠. 일당제는 일하는 사람들에게 조금은 편한 부분도 있지만, 일용직 노동자는 항상 불안정하고 일이 없으면 짤릴 수밖에 없죠. 그래서 늘 해고에 익숙해 있습니다.

건설직은 크게 보면 기공과 조공으로 나누어지는데, 기술직인 기공은 8~10만 원 정도 받습니다. 데모도인 조공들은 5~7만 원 정도 받습니다. 모르는 사람들은 기공이 하루 8만 원을 받는다고 하면 한 달에 240만 원을 번다고 생각하지만, 그렇지는 않습니다. 매일 일을 하는 것이 아니라서 연봉으로 계산하면 1천 500만 원에서 1천 800만 원 선이 가장 많습니다. 기술자나 데모도 구별 없이 마찬가집니다. 기술자는 일급은 많지만 일을 하는 날이 많지 않고, 뒷일 하는 데모도는 기술자보다 일하는 날이 많기 때문에 1년을 놓고 보면 수입에서 차이가 거의 없어요. 일용직 노동자들은 한 달 평균 20일 정도 일을 하고 겨울철인 12월, 1월, 2월에는 일이 거의 없기 때문에 많은 돈을 버는 것이 아니에요. 일반에 알려져 있듯 일당직 건설노동자들이 돈을 많이 번다는 생각은 맞지 않아요.

퇴직금은 100억짜리 공사현장이나 500가구 이상의 집을 짓는 공사현장에서 일을 하면서 1년에 280일 이상 일을 나가야 하루 2천 원씩으로 계산이 되어 받을 수 있습니다. 그리고 공사현장 한 곳에서만 1년 이상 일을 할 경우에도 해당이 됩니다. 그러나 일용직 건설노동자들은 공사현장을 자주 옮겨 다닐 수밖에 없고, 대규모 공사현장에서만 1년에 280일 이상 일한다는 것은 현실에서 어렵기 때문에 퇴직금 받기가 어렵다고 봐야죠. 우리나라는 일용 노동자가 200만 명 정도 된다고 봅니다. 일용직 건설노동자 중 퇴직금을 받을 수 있는 사람은 1.5% 정도밖에 안 된다고 볼 수 있어요. 대부분의 건설노동자들이 퇴직금을 못 받는다고 봐야죠.

건설현장에서 일을 하다 보면 산재를 많이 당합니다. 지난 해 9월에는 설비공사를 하는 노동자가 무거운 파이프를 들다가 허리를 삐끗했어요. 현장에 목격자도 있었구요. 그러나 회사에서 산재로 인정해주지 않는 거예요. 그래서 회사 측과 실랑이를 몇 달 동안 하다가 자기 돈으로 입원치료를 받았습니다. 그러다 도저히 안 돼서 근로복지공단에 진정서를 냈어요. 그러나 회사에서 확인을 안 해주어서 산재처리를 못 받았어요. 직영 노동자일 경우에는 산재를 당하면 바로 확인이 될 텐데 일용직 노동자는 그게 어려워요. 건설 쪽 산재 사망률이 전 산업에서 제일 높지만 산재처리를 많이 못 받아요.

일용 건설노동자의 하루 일과는 직종마다 조금씩 차이가 있습니다. 크게는 건축 직종과 철 직종 간에 차이가 있는데요, 시멘트를 만지는 작업을 하는 건축 직종의 사람은 7시부터 일을 시작하고, 철 직종인 설비 계통의 일을 하는 사람은 8시쯤부터 일을 시작합니다. 끝나는 시간은 대개 5시에서 6시 사이입니다.

건축은 사람에게 가장 중요한 의식주 가운데 하납니다. 건설노동자가 없으면 의식주의 한 축을 해결할 수가 없어요. 집을 지으려면 15개 직종이 들어가요. 설비, 전기, 조족, 목수, 미장, 페인트, 샤시, 철근, 콘크리트, 목수, 타일공, 유리, 방수공, 그 외 여러 직종이 들어가요.

조공이 일을 배워 기공이 되려면 아무리 쉬운 일이라도 3개월 이상은 걸려요. 그리고 적어도 1~2년 일을 배워야 기공이 되고요. 어떤 업종은 5년에서 10년이 걸려요. 설비나 페인트 같은 건 평생을 배워도 어려워요. 단순하게 벽돌 쌓는 일도 1년 이상 배워야 되는데 페인트도 계속 새로 나오고 설비도 계속 개발되니 옛날 기술로는 적응을 할 수 없게 되죠. 일을 계속하려면 계속 배워야 됩니다. 저도 일 시작한 지 9년이나 되었지만 아직도 배워야 할 게 많습니다. 설비 업종도 제가 알기론 38개 직종이 있습니다. 설비는 배관, 위생, 플랜트 설비 들로 나누어져 있죠. 저는 소규모 위생설비를 맡고 있어요.

노가다라면 밑바닥 인생이라고 하잖아요. 저희를 바라보는 의식이 바뀌어야 합니다. 왜 똑같은 교육을 받고 똑같은 대한민국 국민으로 살아가는데 어떤 직업은 밑바닥 직업이고 어떤 직업은 좋은 직업으로 바라보는지, 왜 직업에 귀천을 두는지 납득할 수 없어요. 주위 사람한테 들은 얘긴데요, 점심시간에 식당에 가서 밥을 먹는데 근처에서 밥을 먹던 아줌마가 애한테 속삭이듯이 "너 공부 열심히 안 하면 저 아저씨처럼 된다"고 이야기하는 걸 듣고 무척 기분이 나빴다는 이야기를 듣기도 했어요.

제가 얼마 전에 연립현장에 하수도 공사를 하러 들어갔는데 점심시간이 되니까 밥을 옥상에 차려놨다고 거기 가서 밥을 먹으라고 하더라구요. 현장 나가면 대부분 주인들과 식당에서 먹을 때가 있지만 가정집 일을 할 때는 주인집에서 밥을 해줄 때가 많지요. 그런데 옷에 지저분한 게 많이 묻었다고 못 들어오게 하더라구요. 그래서 "나 일 안 하고 간다. 이 돈 안 벌어도 산다"고 했더니, "왜 그러시냐"고 "옥상에 밥을 차려놔서 그러냐"고 하데요. 아무 소리 안 하고 씻고 옷을 갈아입고 내려왔더니 주인이 방에다 밥을 차려놓았다고 들어와서 드시라고 그러더라고요.

최후의 보루로 노가다를 생각하지 않았으면 좋겠어요. 이것도 직업인데……. 이런 생각은 데모도를 하겠다는 건데……. 어쨌든 일용직 노동자를 천시하는 생각이 깔려 있어요. 본인도 일이 없어 노가다를 하게 될 때 이런 얘기를 들으면 기분이 좋겠습니까?

저는 결혼을 일찍 해서 지금 애가 9살, 5살입니다. 첫째가 아들이고 둘째는 딸입니다. 저는 제가 벌어서 학교를 다녔어요. 중학교, 고등학교 다닐 때도 신문을 돌리고 아르바이트를 하면서 다녔어요. 처음 어렵게 출발해서 그런지 생활이 잘 안 펴요. 조금 나아지려고 하니까 IMF가 닥쳐와 무척 힘드네요.

IMF 시기에 저희 일용직이 정규직보다 나을 거라고 생각하지만 오히려 저희가 부럽습니다. 상용직은 짤려도 퇴직금이라도 있잖아요. 정규직은 짤려도 버틸 여력이 있지만 저희는 퇴직금도 없기 때문에 당장 주저앉아야 합니다. 우린 막막해요. 저축해놓은 것 다 해약해야 될 지경이에요. 우리 애들도 작년 12월부터 학원을 안 보내고 있어요. 그런 와중에 누구는 보내는 사람이 있고 하니 소외감은 더 커집니다.

| **염형만** 건설일용노동자, 1998년 3월 |

나는
유별난 하청노동자

나는 ㄱ중공업 하청업체에서 일하는 노동자다. 하청업체라고 하면 흔히 부품제조 협력업체를 생각하는데 내가 속해 있는 회사는 그런 부품 하청업체가 아니다. 그것도 ㄱ중공업의 바깥에 공장이 있는 것이 아니라, ㄱ중공업의 정규직 노동자들과 동일한 노동을 하고 있으며 ㄱ중공업 안에 사무실도 있다. 이런 하청을 흔히 직영 노동자들은 '외주하청', '사내하청'이라고 부른다.

내가 산재 사고를 당한 것은 지난 1월 16일 점심을 먹고 작업장으로 가던 중이었다.

내가 일하던 작업장으로 가려면 사다리를 건너야 했는데 작업반장이 며칠 전 사다리 위에 놓여있던 철제 안전보호망을 귀찮다는 이유로 치워놓았고 그날 나는 보호망이 없는 사다리를 건너다가 미끄러져 넘어지게 된 것이다. 넘어지면서 옆에 쌓아놓았던 보호망에 옆구리를 찧게 되었다. 처음에는 그냥 잠깐 아프고 말겠지 생각하고 의무실에 가서 파스를 뿌리고 약을 받아먹고 쉬고 있었다. 그런데 시간이 지날수록 옆구리가 아파오기 시작하는 것이 보통이 아니었다.

내가 소속된 하청회사 총무한테 요구해서 병원에 갔다. 하청회사 총무는 집에 연락해서 의료보험증을 가져오라고 했고 집으로 연락하자 놀란 아내는 병원으로 의료보험증을 가지고 달려왔다. 총무는 병원에다 "집에서 일하다 옆구리를 찧었다"고 말하고 의료보험으로 치료하자고 했다. 그 의료보험증도 사실은 회사에서 만든 의료보험이 아니라 지역의료보험증이었다. 내가 어떻게 그럴 수가 있느냐고 하니까 총무는 "일하다 다친 것도 아니면서 무슨 공상으로 치료하려고 하느냐?"며 산재처리를 할 생각은 아예 없어 보였다. 계속해서 산재처리를 요구하자 그러면 일단 의료보험으로 처리를 하도록 하고 치료비는 회사에서 부담하겠다고 했다.

병원에서는 "뼈는 다치지 않았고 힘줄이 늘어난 것뿐"이라며 약을 지어주었지만 다음 날은 너무 아팠기 때문에 출근도 하지 못하고 병원으로 향했다. 병원에서는 일주일 동안은 물리치료를 받아봐야 한다면서 통원치료를 해야 한다고 했다.

그런데 회사와 병원이 멀리 떨어져 있고 움직이지 못할 정도로 아파서 통원치료를 못할 것 같아서 입원을 해서 치료를 받겠다고 하니 입원치료를 하면 빨리 나을 수 있으니 입원을 하라고 했다. 그날부터 입원을 했는데 총무는 물론이고 회사 사장까지 와서 "좋은 게 좋은 것 아니냐?"며 산재처리는 못하겠고 공상으로 처리할 테니 그렇게 알라고 했다. 잘못해서 치료비를 내가 부담해야 하는 것은 아닌가 하는 생각에 병원에서 치료를 마치지도 못하고 일주일 만에 퇴원을 하고, 계속 병원을 다니면서 치료도 하고 물리치료도 받았다.

그렇게 물리치료를 다니던 중 하청회사로 전화를 해서 산재처리가 어떻게 되었느냐고 물었더니 "시기가 많이 지나서 산재처리가 안 된다"면서 공상으로 처리할 거라는 말만을 되풀이하였다. "산재처리를 안 한 책임은 회사에 있으니 산재처리를 해달라"고 하자 "왜 이제 와서 연락해 가지고 산재처리를 하려고 하느냐?" "회사도 어려운데 회사 생각을 조금이라도 해달라"면서 도리어 화를 냈다.

대개 조선소가 그렇듯이 우리 하청회사도 산재에는 가입되어 있지 않고 원청회사에서 하청노동자들의 산재보험을 가입해두고 있으며 각 하청회사는 다달이 돈만 걷어가는 것이 관례다. 하청회사는 원청회사에 잘못 보이면 계약이 끊기기 때문에 한 달이나 두 달 정도 치료를 해야 하는 사고는 원청

회사에 알리지도 않고 거의 전부가 산재처리를 하지 않고 공상처리를 하는 것이다.

ㄱ중공업에는 많을 때는 5천여 명에서 지금은 대략 2천여 명 되는 하청노동자들이 일을 하고 있다. 이런 상황에서 산재처리를 요구한다는 건 가뜩이나 불안한 상황에서 내 모가지 짜르라고 트집 잡히는 꼴이다. 하청회사에서 공상으로 처리를 하자면 우리는 말 한마디 못하고 공상으로 처리하게 된다. 노조도 없고 회사에서 그만두라면 그만둘 수밖에 없는데 이런 때 산재처리를 요구한다는 것은 쉬운 일만은 아니다. 이런 이유로 나는 하청회사에서 유별난 사람으로 찍히고 말았다.

1월의 사고 때문에 3주를 치료했는데 보상은 평균임금의 70%를 준다고 한다. 그러나 이것도 3월 중에 준다고 하지만 언제 나올지 미지수다. 지금 같은 때 사고를 당한다는 것은 제일 먼저 일자리를 잃게 된다는 말이나 다름없다. 사고를 당하면 산재를 처리하는 그 자체에만 문제가 있는 것이 아니라 고용도 불안해지는 것이다. 나는 스스로 억지를 써서 산재처리를 하기는 했지만 대개는 이러지 못하고 공상이나 의료보험으로 치료를 하고 만다.

| 산재노동자, 1998년 4월 |

비정규직은
국민이 아니오?

작년 8월 27일 한창 더운 여름날 오후였다. 나는 아시아자동차 소형 조립공장에서 일하고 있었는데, 회사에서는 몇 년 동안 정규직 사원은 뽑지 않아서 나도 어쩔 수 없이 용역노동자로 취직해서 일하고 있었다.

그날도 일하느라 뜨거운 선풍기 바람을 맞아가며 땀에 흠뻑 젖어 있는데 조장과 직장이 오더니 "3시 반까지만 일하고 광주역 집회장으로 가라"고 했다. 노조 간부들도 현장에 나와서 "용역도 다 같은 아시아 노동자니까 집회에 안 가면 안 된다"고 말했다. 어쨌든 집회장에 안 가면 조퇴 처리를 한다길래 노는 셈 치고 통근버스를 타고 광주역으로 갔다. 이렇게 하여 나는 난생 처음으로 '노동자 집회'라는 데에 참가하게 되었다.

　광주역에 가보니 말 잘하는 분들이 나와서 "아시아자동차를 살려야 우리 시민들도 잘살게 된다"며 연설들을 했고, 나는 노동조합에서 나눠주는 내용도 모르는 유인물을 들고 시민들에게 나눠줬다. '데모는 이렇게 하는 것이구나.' 생각했지만 경찰도 오지 않았고 어딘지 이상했다. 이 집회는 회사와 아시아자동차 노조가 같이 하는 것이기 때문에 그랬던 것이다. 유인물을 시민들에게 나눠주며 아시아자동차를 살리자고 말했고 정말로 그렇게 되기를 바랐다. 회사가 잘돼야 우리들도 잘될 것 같았기 때문이었다.

　그런데 바로 그 다음 날 우리 용역노동자들은 기가 막히는 얘기를 들었다. 내일까지만 일하고 더 이상은 회사에 나오지 말라는 말이었다. 밀려 있던 두 달치 월급도 안 주고 나오지 말라는 거였다. 어제까지만 해도 회사를 살리자고 함께 외치던 직영 사원들에게 뭔가 잘못된 것 아니냐고 말을 해봐도 "회사가 살기 위해서는 어쩔 수 없는 것 아니냐?"고만 말했다. 어쩔 수 없었다. 우리 문제는 우리가 풀어야만 했다.

　바로 그날 저녁 10여 명이 모여서 이렇게 당하고만 있을 수는 없다고 생각하고 대응을 하기 위해 우선 광주지역금속노동조합에 조합원으로 가입한 뒤 '아시아자동차 용역노동자 대책위원회'를 구성했다. 마지막으로 일하던 그 다음 날 점심때는 여름비가 내리고 있었고 공장 관리자들과 용역회사 관리자들이 감시를 하고 있었지만 공장 마당에서는 전날 만들어놓은 유인물과 중식집회를 알리는 대자보를 보고 모인 200여 명의 용역노동자들이 하나둘씩 모여 비를 맞아가며 집회를 열었다. 그 다음 날부터는 출근투쟁이라는 것도 시도했다. 아시아자동차 본사에 가서 항의시위도 해보려고 했지만 번번이 실패하고 말았다.

집회를 하던 바로 그날 아시아자동차 측에서는 각 용역 하청회사로 9월 5일까지 용역노동자를 철수시키라는 공문을 발송했다고 한다. 인건비가 싸다는 이유로 불법으로 용역 하청을 쓰는 당사자는 다름 아닌 '국민기업'이라고 스스로 말하는 아시아자동차였고, 마음대로 일을 시키다가 해고하고도 자신들과는 무관하다고 우기는 측도 국민기업 아시아자동차 경영진이었다. 법으로 문제가 될까 봐 용역노동자 채용과 노무관리 관련 자료를 모두 소각시켜 고용보험 적용도 못받게 만든 것도 아시아자동차 자본이었다.

불법 용역회사 사장은 "우리가 없었으면 당신들 일자리도 없었을 것"이라며 두세 달치 밀린 월급은 물론이고 퇴직금, 해고수당도 안 주면서 오히려 자신들한테 고마워해야 한다고까지 말했다. 이들 업체는 고용보험은 물론이고 의료보험, 국민연금도 가입해놓고 있지 않았다. 노동청에 찾아가서 밀린 월급과 해고수당, 불법 파견근로에 대해서 하소연하자 아직 노동법이 개악되기 전이라 근로자파견이 엄연히 불법인데도 근로감독관이라는 사람은 "근로자파견제는 이미 합법화되어 있다. 알지도 못하면서 따지지 말라. 당신들보다 훨씬 잘나고 똑똑한 높은 분들이 다 알아서 하고 있다. 아쉬우면 정규직으로 취직하면 되지 왜 불평불만이냐"고 했다.

그 뒤로 우리는 불법용역 근절과 체불임금을 받아내는 여러 가지 활동을 했고 어느 정도 성과도 올렸다. 토론회를 열기도 했고 방송국과 신문사의 도움으로 여러 차례 이 사건이 보도되기도 했다. 그러나 번번이 우리가 겪는 본질적 어려움보다는 "지역 경제와 용역노동자를 살리기 위해서라도 아시아자동차를 살려야 한다"는 식으로 결론이 나곤 했다. 부당해고 구제신청과 노동청에 부당노동행위 신고와 해고수당 지급 진정을 했지만 지방노동위원회로부터는 아직까지 연락도 없고 노동청에서는 사건이 종결되었으니 법률구조공단에 가서 구제를 받으라는 말만을 했다. 법률구조공단에 가서 확인해보니 복잡하고도 어려워서 구제신청을 하느니 다른 일을 하고 말지 하는 심정이다.

해고된 뒤 6개월이 지난 지금까지도 나는 일자리를 찾지 못하고 있다. 고용보험 적용을 받아 재취직 훈련을 받아보려고 해도 사업주가 고용보험에 가입하지 않아서 고용보험이 적용되지 않는다는 말만을 노동청으로부터 들을 뿐이다.

며칠 전에는 광주지방검찰청에서 사건처분 결과통지서가 왔길래 뜯어보니 예전에 노동청에 제출한 진정서의 근로기준법상 위법 내용에 대한 결과가 '근로기준법 위반 처분내용 구약식'이라는 알지도 못할 몇 글자로 나와있을 뿐이다. 뭔지는 몰라도 음주운전으로 받는 벌금형쯤 되는 처벌인 것 같다. 아니면 그보다도 약한 교통신호 위반이나 보행자 무단횡단에 대한 벌금형쯤 되는 모양이다.

지금 우리는 전국 8개 지역의 노동자들이 뭉쳐 동일사업장 내 동일조합원 자격 획득, 동일노동 동일임금의 목표 아래 전국적으로 '비정규직 노동자 조직화를 위한 준비모임'을 조직하고 있다. 정리해고의 1순위는 여성이지만 정리해고의 0순위는 비정규직 노동자들이다. 기존의 노동조합과 상급 노동조합의 간부들도 600만 명이 넘어서고 있는 파견노동자, 임시직 노동자와 같은 비정규직 노동자들에 대한 관심을 가져줄 것을 호소한다. 이들 비정규직 노동자들을 조직하지 않고서는 제대로 된 산별노조가 될 수 없다. 우리들이 활동하는 것만으로는 부족하다. 노-노 갈등만을 불러올 것이 뻔하기 때문에 동일한 사업장 내에 비정규직 노동자들만의 노조를 만들 수도 없고 만들어서도 안 된다. 기존의 상급 노조에서부터 규약을 바꾸어 비정규직 노동자들이 동일 노동조합에 가입할 수 있도록 해야 한다.

예전에 이런 일을 하다가 참석하게 된 토론회 때가 생각난다. 재벌이 판치는 지금, '국민기업'이 대안이 될 수 있다고 말하던 그 교수에게 했던 말이다.

"국민기업 살리자고 용역이니 임시직이니 하는 비정규직 노동자들 다 짤라내야 한다면, 우리는 국민이 아니요? 우리가 외국인 노동자란 말이오?"

| **김기일** 비정규직 노동자 조직화를 위한 준비모임, 1998년 4월 |

언론노동자로
서기 위하여

스스로의 살과 피를 불사르는 노동자들이 늘어나고 있다. 정리해고의 칼바람에 맞선 노동자들의 마지막 절규이다. 분신은 진실을 왜곡하거나 묵살하는 제도권 언론에 맞서 노동자들이 진실을 표현하기 위해 선택하는 극단의 언론행위이다.

만일 제도권 언론이 노동자들의 진실을 그때그때 보도한다면 과연 누가 자신의 삶을 던지겠는가. 그런데도 노동자들의 이 마지막 '언론행위'조차 제도권 언론은 철저히 감추거나 왜곡하고 있다. 분신을 한 노동자에 대해 근거 없는 '사생활 문제'를 보도해 그 죽음의 뜻을 훼손하는 보도 작태들이 그 것이다. 이는 노동자들의 죽음을 다시 죽이는 비도덕 행위가 아닐 수 없다.

그렇다면 무엇 때문일까. 왜 그 스스로도 노동자면서 기자들은 이처럼 왜곡보도나 묵살보도를 하는 것일까. 당연한 말이지만 일차 책임은 언론노동자들 스스로에게 있다. 언론사에 몸담고 있는 기자들 대다수가 허상에 사로잡혀 자신이 노동자임을 명백하게 인식하지 못하고 있는 것이다. 이른바 '언론고시'라는 언론계 입문 절차는 언론노동자들의 허위의식을 한층 부풀려놓았다. 게다가 정통성이 없는 정치권력이 기자들을 권력기구에 많이도 끌어갔다.

물론 모든 언론노동자들이 허상에 사로잡혀 권력의 언저리를 기웃거린다는 주장은 균형을 잃은 지적일 터이다. 실제로 적잖은 기자들이 언론사에서 노동조합 일을 하고 있고 자신들의 보도행위를 감시해나가고 있으니까.

그런데도 이들의 노력이 신문 지면이나 방송 화면에 드러나지 않는 것은 무엇 때문일까? 바로 여기에 구조에서 오는 요인이 있다. 두루 알다시피 언론사 또한 그 어느 재벌 못지않게 소유가 독점되어 있다. 흔히 '사주'라고 불리는 언론자본가들의 철저한 통제는 신문기자라고 빼놓지는 않는다.

언론자본가들은 단지 창업자들의 장손이라는 이유로 신문사를 물려받아 오면서 편집국장 인사권을 무기로 신문에 대해 전권을 휘두르고 있다. 이들의 가장 큰 관심은 진실보도나 정론이 아니다. 사세를 어떻게 하면 더 확장할 수 있고 또 어떻게 더 많은 이윤을 얻을 것인가가 이들의 주된 관심사다.

그 스스로 자본가인 언론사 사주들이 노동문제에 대해 어떤 시각을 가지고 있을까는 분명하다. 노동자들에게 우호적으로 보도하는 기자들이 신문사 안에서 중요한 위치에 오르지 못할 것도 그 못지않게 분명하지 않겠는가.

신문기자들 또한 바로 그 점에선 분명히 노동자임에 틀림없다. 신문사 사주인 언론자본가들에게 철저히 억압받고 있는 것이다. IMF 관리체제에서 언론사들이 평소 밉보던 기자들을 곧바로 정리해고하거나 비기자직으로 인사조치 하는 최근의 행태들은 이들 신문자본과 신문기자 사이의 힘 관계를 고스란히 드러내주는 사례이다. 기자로서의 생명을 신문사 사주들이 쥐고 있는 반민주 편집구조가 바로잡히지 않는 한 노동문제에 대한 객관성 있는 보도는 불가능하다 해도 지나친 말은 아니다.

결국 신문 지면에 나오는 노동문제 관련 보도는 기사를 작성한 기자 개인의 시각이라기보다는 그 신문사의 편집방침에 따른 것으로 보아야 한다. 우리 노동자들이 신문을 읽을 때 단순히 기사만 읽어서는 안 될 까닭이 여기에 있다.

어떤 사실이 신문에 실리기까지는 취재기자는 물론 취재부장, 편집기자, 편집부장, 그리고 편집국장으로 이어지는 관문을 통과해야 하며 이때마다 가치판단이 끼어들 수밖에 없다.

사실 기사가 객관성이 없다는 사실을 노동자들만큼 정확히 인식하고 있는 독자들도 없을 터이다. 언론이 노동자들에게 철저히 적대적인 보도를 하고 있기 때문이다. 문제는 이것이 비단 노동문제 보도에 그치지 않는다는 점이다. 정치적, 사회적으로 첨예한 쟁점에 대해 신문사들이 서로 전혀 다르게 편집하는 경우가 많기 때문이다.

따라서 우리가 객관적 사실을 어느 정도 정확히 이해하기 위해서는 성격이 다른 신문을 서로 비교해볼 필요가 있다. 한 신문을 볼 때도 습관처럼 머리기사—중간기사—1단기사 순으로 읽어가는 것은 그 신문의 가치판단에 독자가 완전히 종속되는 것이다. 기사를 읽으면서 왜 이 기사는 이렇게 편집되었으며 기사의 제목은 왜 이렇게 구성되었는가를 스스로 짚어볼 필요가 있다. 지면에 편집된 기사를 풀어헤쳐서 재구성해 읽는 '신문 읽기의 혁명'이 아쉬운 것이다.

우리 노동자들이 언론에 비판적 시각을 지니지 못할 때 언론은 노동문제에 대해 늘 그래 왔듯이 적대적 보도를 계속할 터이다. 언론 내부의 언론노동자와 언론 외부의 독자들이 함께 힘을 모아 민주 언론을 일궈가야 한다. 역사에 비약이 없듯이 그런 과정 없이 민주 언론의 새벽은 열리지 않는다.

| **손석춘** 한겨레신문노동조합 위원장, 매체부, 1998년 4월 |

우리도
실업자로 인정받고 싶다

저희들은 지난 5월 20일부터 50일째 명동성당에서 농성을 하고 있습니다. 그러나 저희 사정을 잘 알고 있는 사람들은 별로 없습니다.

건설노동자 200만 명과 임시·일용노동자까지 합쳐 700만 명이 일자리가 없어 생계가 막막한데 사람들이 관심이 없어요. 임시직, 일용직 노동자가 처해있는 모습을 그대로 보여주고 있는 것 같아 씁쓸해요. IMF 때문에 건설경기 자체가 죽어버려 80% 이상의 일용직 노동자들이 실업상태에 놓여 있어요. 담뱃값도 없고, 라면 먹기도 힘들어요.

건설 일용노동자 대부분이 맞벌이를 하고 있는 도시빈민층인데 IMF 터지고 난 뒤 아내들도 직장에서 쫓겨나서 놀고 있는 상황이고, 남편들도 일자리가 없는 상태가 오래되다 보니까 생활이 되지 않아 가정불화도 생기고, 경제적 고통과 불안감 때문에 집에서 뛰쳐나오는 상황들이 벌어지고 있어요. 저희가 노숙자들을 만나봤는데 노숙자들의 80% 이상이 건설 일용노동자들이에요.

조합원들에게 설문조사를 해보니 86%가 실업상태에 놓여있고, 월 평균 32만 원 정도 받고 있더라고요. 4개월 이상 하루도 일을 못하신 분도 67%나 돼요.

현재 200만 건설노동자 중 140만 명이 실업상태에 있지만 실업통계에조차 들어가지 않고, 실업대책도 마련되어 있지 않아요. 정부에선 일용노동자들은 일주일에 한 시간이라도 일을 할 수 있기 때문에 실업자 통계에도 넣지 않는답니다.

실업자로 인정받지 못하기 때문에 정부에서 내놓은 실업급여 확대나 직업전환 교육 같은 실업대책은 우리 같은 일용직 노동자들은 해당 사항이 없어요. 퇴직금이라도 받을 수 있는 정규직 노동자들만 위한 거죠.

우리들이 농성을 하면서 정부에 요구하는 것은 장기적인 실업상태에 놓여있어 굶어죽을 수도 있는 사람들인 건설노동자를 포함한 비정규직 노동자들에게도 생계비 명목으로 실업급여를 지급하고 일자리를 확대해달라는 겁니다.

사실 처음에는 누구와 싸워야 하는지 막막했어요. 임금 안

준다고 오야지 멱살 붙잡고 싸워봤자 근본적인 해결이 되는
건 아니잖아요.

우리들의 싸움은 사회의 근본 모순을 깨는 싸움입니다.

우리는 막차 탄 사람들이에요. 건설 일용노동자들의 문제
가 해결되면 한국 사회의 모든 문제가 해결되고 한국 사회가
좋아지는 것 아닙니까?

| 전국건설일용노조협의회, 1998년 8월 |

정리해고 되고 나서 만든
민주노조

회사 말만 듣고 사표 쓴 노동자들

지난 6월 퇴출 직전에 이천전기의 전체 사원은 600명 정도 되었습니다. 노조가 회사의 앞잡이 노릇만 하고 제대로 대처를 못하는 바람에 사람들이 사표를 쓰고 많이 나갔어요. 빨리 안 나가면 퇴직금을 못 받을까 봐서지요. 회사는 이들에게 회사를 매각한 뒤 재고용을 하겠다고 약속을 했지요. 500여 명 되는 사람들이 사표를 썼어요. 회사가 각서를 쓴 것도 아니었는데 회사 말만 믿고 무작정 나갔어요.

7월 8일 사표를 안 쓰고 남은 사람 150명은 고용보장을 요구하며 농성을 시작했습니다. 그러다 인원수가 줄어서 현재 남아서 싸우는 사람들은 '이천전기 고용안정 쟁취를 위한 비

상대책위(비대위)'에 속한 49명이에요.

퇴직한 사람들을 구사대로

7월 13일 비대위는 가족들과 함께 고용안정 보장을 위한 한마음 잔치를 열려고 했습니다. 회사는 올림포스호텔에서 작전을 세워서 퇴직한 사람들을 회사로 불러들인 뒤 구사대로 앞장세웠어요. 사표 안 쓴 사람들 때문에 회사가 매각이 안 되어 재입사가 어렵다, 저 사람들을 몰아내야 한다고 회유를 해서 구사대 역할을 하게 한 거지요. 당시는 노동조합 간부들도 사표를 안 쓴 상태였는데 이 사람들과 회사 인사과 직원들이 같이 합세를 했어요. 이천전기에는 원래 구사대가 있었습니다. 당시 이 사람들이 폭력을 행사했어요. 다른 퇴직 사원들은 마지못해 우리를 막았지요. 저희 중 세 사람이 크게 다쳐 병원에 입원을 했어요.

7월 14일부터 비대위에서는 고용안정 보장을 요구하며 철야농성에 들어갔어요. 퇴사한 사람들이 기계부품을 빼돌리고 해서 회사를 지키려는 생각도 있었어요. 7월 20일 회사에서는 저희가 철야농성을 했다고 업무방해로 고발을 했어요. 그리고 노동조합이 조합원들에 대한 고용안정 대책을 세우지 않아 비대위 위원들이 몰려갔는데 그때 너무 흥분한 나머지 문을 발로 차고 책상을 두드리면서 이야기를 했어요. 노동조합이 아니라 회사에서 이 일로 우리들을 고발했지요.

청산한다면서 정리해고는 웬 말

퇴출 이후에 회사는 조업을 안 하다가 8월 초에 영업권을 지킨다며 부분조업을 시작했어요. 비대위도 참여해 8월 7일까지 부분조업을 했는데 회사가 업무방해로 고발한 두 사람이 잡혀가는 바람에 일을 그만두었습니다.

회사는 사표를 쓰지 않은 49명의 비대위원을 포함해 84명을 전원 정리해고 했어요. 경영상 이유로 해고를 했는데 경영상 이유라면 회사는 계속 굴리겠다는 건데 모두 나가라니 뭐가 뭔지 모르겠어요. 9월 30일 회사는 주주총회를 열어 청산결의를 했어요. 청산이 되면 해고를 안 시켜도 노동자들이 자연스럽게 회사를 떠날 수밖에 없어요. 600여 명 중 500명이상이 회사를 떠났는데 남은 49명 때문에 회사가 매각이 안 된다는 이유로 정리해고를 하더니 이제는 회사를 청산하겠다는 겁니다.

이천전기는 이제 빚이 없어요. 이천전기의 대주주인 삼성전자는 이천전기의 주식을 95% 가지고 있어요. 이천전기가 부도가 나면 삼성전자도 적색 거래업체로 지정을 받아서 금융거래에 불이익을 본대요. 삼성전자는 적색 거래업체로 지정 안 되려고 울며 겨자 먹기로 2천 억 원을 출자해 빚을 다

갚았어요.

이천전기를 청산하면 200억 원 정도밖에 안 된대요. 그런데 2천 억 원이라는 자본을 출자해 빚도 다 갚았는데 왜 청산을 하는지 모르겠어요. 삼성에서는 청산 이후에 기계설비를 삼성계열사에 넘겨 다시 공장을 가동하려 하는지 매각을 하려고 하는지도 모르지요. 어쨌든 저희는 삼성의 부실 경영 때문에 이천전기가 퇴출되었으니 삼성이 이천전기 노동자들의 고용을 책임져야 한다는 입장입니다. 청산결의를 하고 나서도 회사는 퇴직한 사원들을 몰래 불러 추석 전까지 조업을 했어요. 청산절차를 밟으면서도 공장은 운영하고 있는 거지요. 도대체 뭐가 뭔지 모르겠어요.

미련을 못 버리는 퇴사자들

얼마 전 퇴사자들을 만났는데 회사가 청산절차를 밟고 있는데도 그 사람들은 아직도 재입사에 대한 미련을 갖고 있더라구요. 2월 상여금이 체불되어 있는데 비대위에서는 고소 고발을 했어요. 그런데 퇴사자들은 재입사를 하려고 회사에 대해 문제제기를 안 하고 있어요. 청산절차를 밟고 있다고 하니까 벙 찌더라구요. 저는 이렇게 말했어요. 이제는 회사 눈치보지 말고 미련을 버리라고요. 전에 같으면 콧방귀도 안 뀔 텐데 지금은 조금 수긍을 하더라구요.

돈 때문에 인생 바꾸지 않겠다

저는 96년에 해고를 당했기 때문에 회사에서 고용보장을 해도 해당이 안 됩니다. 그래도 저는 좋습니다. 싸움을 다시 시작해야죠. 회사에서는 96년에 해고된 사람들도 이번에 싸움을 그만두면 같이 문제를 해결할 수도 있다고 해요. 저는 돈 몇 푼에 제 인생을 바꾸고 싶지는 않아요. 회사에서는 다른 사람을 통해서 돈으로 해결할 수도 있는데 어떻게 하겠냐고 이야기하기도 해요. 회사는 정리해고 전까지는 사표만 쓰면 재고용을 보장하겠다고 하다가 정리해고 하고 나선 우리들에게 고용보장만 빼고 구속자, 체불임금, 위로금 문제를 한꺼번에 해결해주겠다고 해요.

저희는 어용 노동조합을 바꾸려고 올 초에 시도한 적이 있는데 회사 측의 방해로 못했어요. 회사로부터 정리해고 되고 나서 어용노조를 몰아내고 9월 13일 새롭게 민주적인 집행부를 구성했어요. 그러나 절차상 문제로 노동부로부터 인준을 못 받았어요. 노동조합을 만들 자격이 없다는 거지요. 회사가 퇴출이 되고 정리해고가 되었는데 왜 노동조합을 인정받으려 하느냐 하고 이상하게 생각할지도 모릅니다.

민조노조에 대한 한

그러나 저희는 한이 있습니다. 저희 회사의 전 이준기 위원장 집행부가 조합비나 조합운영, 조합원의 고용안정에 대해 신경도 안 쓰고 퇴출 이후에는 오히려 사표를 강요했는데 이런 행태에 대해서 본때를 보여주어야 된다고 생각하는 거지요. 그 사람들도 정리해고가 되었는데 회사의 앞잡이며 인사과장이라는 말까지 들으면서 회사 편을 들었는데 무엇을 보장받고 그랬는지 모르겠어요.

| **김성환** 이천전기 해고자, 1998년 11월 |